365 HISTÓRIAS narradas

= Uma história por noite =

Ciranda Cultural

Dados Internacionais de Catalogação na Publicação (CIP) de acordo com ISBD

C578h   Ciranda Cultural

365 histórias narradas – uma história por noite / Ciranda Cultural ;
ilustrado por Jo Parry. – Jandira, SP : Ciranda Cultural, 2021.
368 p. : il. ; 15,50cm x 22,6cm. – (365 histórias para ler e ouvir).

ISBN: 978-85-380-9395-4

1. Literatura infantojuvenil. 2. Narração. 3. Emoções. 4. Hora de
dormir. 5. Histórias. I. Parry, Jo. II. Título.

2021-0219   CDD 028.5
                                               CDU 82-93

Elaborado por Lucio Feitosa - CRB-8/8803

Índice para catálogo sistemático:
1. Literatura infantojuvenil 028.5
2. Literatura infantojuvenil 82-93

© 2021 Ciranda Cultural Editora e Distribuidora Ltda.
Produção: Ciranda Cultural
Projeto gráfico: Imaginare Studio
Ilustrações: Jo Parry
Revisão: Karine Ribeiro e Lígia Barros

1ª Edição em 2021
3ª Impressão em 2024
www.cirandacultural.com.br
Todos os direitos reservados. Nenhuma parte desta publicação pode ser reproduzida,
arquivada em sistema de busca ou transmitida por qualquer meio, seja ele eletrônico, fo-
tocópia, gravação ou outros, sem prévia autorização do detentor dos direitos, e não pode
circular encadernada ou encapada de maneira distinta daquela em que foi publicada, ou
sem que as mesmas condições sejam impostas aos compradores subsequentes.

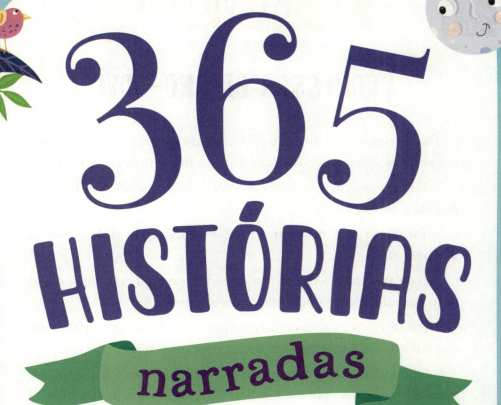

01 janeiro

PROMESSAS DE ANO-NOVO

Era o primeiro dia do ano e os amigos do jardim se reuniram para conversar sobre o que gostariam de fazer nos próximos 365 dias.

– Eu vou produzir o dobro de mel. Minha colmeia vai ficar até pesada – falou a abelha.

– Eu quero tirar o néctar de todas as flores do jardim – disse o beija-flor.

– E eu vou tecer a maior teia de todas, nem que eu passe o ano todo fazendo apenas isso – afirmou a aranha.

Após ouvir as promessas dos amigos, a joaninha pensou bastante e compartilhou com eles seus planos para o novo ano:

– Eu quero conhecer lugares novos, voar por outros jardins, fazer amizades incríveis, pousar em lindas flores, aproveitar os dias de sol e as tardes de chuva, enfim, eu quero que todos os meus dias sejam especiais.

Depois de ouvirem as promessas de ano-novo da joaninha, os outros moradores do jardim pensaram bem e concluíram que tudo isso poderia ser mais divertido. Então, eles começaram a aproveitar o dia no mesmo instante com uma alegre brincadeira, afinal, aprenderam que o importante mesmo é cumprir a promessa de ser sempre feliz.

02 janeiro

A RATINHA ATAREFADA

 A ratinha Jujuba ia de um lado para o outro carregando coisas. Naquela noite, uma grande festa iria acontecer em sua toca.

 – Oi, Jujuba! – falou o ratinho Pimpo.

 – Não posso conversar agora. Preciso limpar e arrumar tudo.

 – Você precisa de ajuda? – ele perguntou, mas Jujuba já havia sumido para dentro da toca.

 A festa foi ótima, mas Jujuba nem aproveitou, pois estava muito cansada.

 – Na próxima festa – Pimpo falou –, vamos organizar tudo juntos. Assim, com certeza, vai ser ainda mais divertido!

03 janeiro

AS MEMÓRIAS DE ZIMBIM

Zimbim era um macaquinho esperto. Certo dia, enquanto conversava com sua mãe no alto de uma árvore, ele disse:

– Vou escrever minhas memórias, mamãe.

– Que lindo, meu filho. Mas você já tem tantas lembranças assim?

– Sim. Estão todas aqui dentro – respondeu apontando para a própria cabeça. – Eu as inventei, mamãe!

– Então não são memórias, Zimbim. São histórias – respondeu a mãe de Zimbim sorrindo para o macaquinho.

04 janeiro

A FESTA DAS FORMIGAS ⭐

As formigas estavam preparando uma grande festa de boas-vindas à primavera. Uma formiga fazia bolos, a outra ajudava na decoração e, assim, todas participavam com carinho.

Pouco antes de começar a festa, gotas de água começaram a cair do céu e as formigas correram para se proteger.

– Isso não pode ser chuva! O céu está limpo e azul – disse uma formiguinha.

– Mas tem muita água caindo. Se sairmos de casa, iremos nos afogar – falou a outra.

As formigas esperaram um pouco e, de repente, a chuva passou.

⭐ A estrela depois de alguns títulos indica que há continuação da história na página seguinte.

05 janeiro

CHUVA PASSAGEIRA

Aos poucos, as formigas foram saindo de suas casas e subiram até o topo do formigueiro para tentar descobrir de onde estava vindo aquela água.

– Formigas, fiquem tranquilas! Foi apenas o jardineiro regando as flores do jardim e ele já foi embora – explicou a rainha das formigas.

Passado o susto, as pequeninas se reuniram novamente, terminaram de arrumar tudo para a festa e comemoraram a chegada da primavera com muita alegria e diversão.

06 janeiro

A FESTA DO CHAPÉU★

Todos os animais da floresta estavam alvoroçados para participar da festa do chapéu. Haveria um prêmio para o chapéu mais original.

No dia da grande festa, havia chapéus de todos os tipos: de piratas, de feiticeiros, de fadas; feitos de palha, de seda e de feltro; pequenos e grandes, pontudos e achatados. Os animais riam animados ao entrar no salão. Perto dali, o lobo Corisco estava cabisbaixo: ele não podia ir à festa porque não tinha um chapéu.

07 janeiro

O CHAPÉU MAIS ORIGINAL

O lindo chapéu da corça Lalá voou com o vento da tarde e caiu ao lado do lobo Corisco. Quando ela perguntou ao amigo por que ele estava triste, ele contou-lhe que não tinha chapéu para ir à festa. Ao ver o lobo tão chateado, Lalá correu depressa para dentro do salão e pediu ajuda à raposa Samine e ao gambá Simbinha. Eles tiveram uma ótima ideia.

Pouco depois, Corisco entrou sorridente no salão ao lado dos amigos. Os quatro se divertiram muito e o lobo ainda ganhou o prêmio graças ao seu chapéu de soldado feito com jornal!

08 janeiro

A BOLA DO JOGO

Os macaquinhos Zinquinho e Zimbão jogavam bola perto da lagoa quando Goivo, o filhote de leão, chegou com outra bola:

– Vocês não querem jogar com a minha bola? Eu posso ser o goleiro.

Duas pedras fizeram as vezes de trave. Zinquinho foi chutar o pênalti. De repente, a bola saiu correndo!

– Ninguém vai me chutar não! Só porque me enrolo já acham que sou uma bola!

Era Tango, o tatu. Goivo pediu desculpas por tê-lo confundido com uma bola e convidou Tango para ser o atacante do time. Assim, todos se divertiram juntos.

09 janeiro

OLHOS GRANDES, BARRIGA REDONDA

A tartaruga Nalu passeava pela floresta quando viu o esquilo Dudu preso em um buraco.

– Socorro, Nalu. Comi muitas nozes e não consigo sair – disse ele.

– Eu falei para você não ser guloso, pequeno Dudu – falou a tartaruga.

Nalu puxou Dudu com delicadeza pelas orelhas e ele voou por cima dela com a barriga estufada.

– Muito obrigado. Eu prometo que nunca mais terei os olhos maiores do que a boca – garantiu o esquilo.

Depois daquele dia, Dudu aprendeu que deveria comer apenas o necessário para se satisfazer.

A DOR DE DENTE ⭐

O texugo Janjão estava sentindo dor de dente havia dias, mas tinha muito medo de ir ao dentista. Até que uma tarde, sua prima Tati foi visitá-lo. Ele ficou muito surpreso ao vê-la usando aparelho corretivo nos dentes.

– Você foi ao dentista? – Janjão perguntou assustado.

– Sim, e foi ótimo! Ele vai me ajudar a ficar com o sorriso mais bonito! Você deveria ir também! Ele pode acabar com a sua dor.

Janjão ficou pensando no que Tati havia lhe falado. Será que o dentista conseguiria ajudar Janjão?

11 janeiro

A VISITA AO DENTISTA

Depois de muito pensar, Janjão decidiu ir ao dentista e chamou Tati para acompanhá-lo. Ele estava suando frio antes do doutor Maruto chamá-lo. Quando entrou na sala, Janjão viu uma cadeira enorme e várias coisas interessantes. Era tudo diferente do que ele havia imaginado.

O doutor Maruto conversou com Janjão e depois observou os dentes dele. Tratou aquele que estava doendo e em pouco tempo Janjão deixou de sentir dor.

– Sabe, Tati, eu deveria ter vindo ao dentista há muito tempo!

12 janeiro

FAZENDO AMIZADE★

    Petúnia, a pulguinha, vivia com sua mãe na poodle Fifi. A casa era muito grande e Petúnia se sentia sozinha. Um dia, ela estava brincando no quintal quando algo caiu do céu:

    – Nossa, eu mirei o vira-lata e caí na poodle! Olá, eu me chamo Flox e você?

    – Olá, eu sou Petúnia. De onde você veio?

    – Do mercado de pulgas.

    – Eu nunca estive em um mercado de pulgas.

    – É divertido, mas esse lugar não é ruim.

    As duas brincaram o resto da tarde e Flox prometeu a Petúnia levá-la até o mercado de pulgas.

13 janeiro

PARQUE DE PULGAS

Flox levou Petúnia até uma feira de antiguidades conhecida como mercado de pulgas. Elas brincaram dentro de um casaco de pele, escorregaram em um bule de um jogo de chá, dançaram em cima de um disco de vinil e adormeceram em uma banca de livros. Quando acordaram, Petúnia se assustou:

— Já é tarde. Mamãe deve estar preocupada.

— Vamos pegar aquele vira-lata para chegarmos mais rápido na Fifi.

Aquele dia foi o mais divertido da vida de Petúnia e as duas pulguinhas tornaram-se amigas inseparáveis.

14 janeiro

CONSELHO DE MÃE

O pequeno urso Tito adorava explorar novos lugares, mas sua mãe Nala já havia dito a ele para não ir longe porque poderia ser perigoso. Porém, Tito não resistiu e acabou cruzando a fronteira para uma área perigosa da floresta e ficou com muito medo.

Quando viu que estava em apuros, Tito chamou por sua mãe e ela logo foi ajudá-lo.

– Filhote, não faça mais isso, por favor. Você me assustou – pediu Nala.

– Mamãe, me perdoe. Não vou mais lhe desobedecer – falou Tito.

E eles voltaram para casa em segurança.

15 janeiro

O ÁLBUM DE FIGURINHAS

O tucano Maneco estava muito animado com seu novo álbum de figurinhas. Ele mal via a hora de completar todas as páginas. E isso não demorou muito para acontecer, ou melhor, demorou só um pouco. Para conseguir a figurinha do pavão vermelho, Maneco precisou trocar figurinhas repetidas com seus amigos, ir a encontros com outros colecionadores e até conversar com quem não conhecia. Foram dias de procura até que, finalmente, conseguiu completar o álbum. Mas o que deixou Maneco mais feliz foram os amigos que conquistou.

16 janeiro

BOA COMPANHEIRA★

Magnólia, a joaninha, encontrou uma amiga. Era uma folha aveludada e aconchegante. Magnólia se enrolou na folha e passou a ir com ela para todos os lugares. As outras joaninhas se encontravam na lanchonete Gota de Orvalho e comentavam:

– Lá vem Magnólia com sua folha de estimação.

Magnólia só se separava da planta quando dormia abraçada à sua mãe, Cristal. Um dia, a joaninha não encontrou sua companheira.

– Vamos pegar outra folha, Magnólia.

– Nenhuma folha é como a Masé, mamãe.

17 janeiro

O QUE FAZER?

Masé havia sido levada pelo vento.

– Pobre Masé. Era tão companheira – choramingou Magnólia.

– Não tem jeito, minha filha, as folhas são leves e o vento as leva embora.

Cristal pediu para que dona Aramisa, a aranha, fizesse uma manta para Magnólia.

– Tome, minha filha. Não é a Masé, mas não vai sair voando.

A joaninha se consolou e voltou a sorrir com a sua nova amiga. Dessa vez, as amigas de Magnólia também quiseram uma companheira e a dona Aramisa teve muitas encomendas naquele período.

18 janeiro

TINA DANÇARINA ★

A cigarra Tina cantava como ninguém e suas apresentações alegravam as festas do jardim.

– Tina, você canta muito bem – disse o caramujo.

– Sou sua fã número um, Tina! – afirmou a borboleta.

A cigarra ficava muito feliz com sua fama, mas guardava um grande segredo: Tina queria mesmo era aprender a dançar como as libélulas que voavam levemente pelo ar.

– Será que um dia eu conseguirei mexer esse meu corpo duro feito pedra para dar pelo menos alguns passos de dança? – disse Tina enquanto observava as libélulas.

19 janeiro

LOLA CANTORA

A libélula Lola estava bem atrás da cigarra e ouviu o que ela havia falado.

– Eu acho que posso lhe ajudar, Tina! – falou a libélula.

Lola propôs um acordo à cigarra: ela ensinaria Tina a dançar e, em troca, a cigarra ajudaria Lola a ser cantora. As duas concordaram e os ensaios começaram. Dias depois, Tina e Lola se apresentaram em mais uma das festas do jardim e surpreenderam a todos.

Tina dançou tão bem quanto uma libélula e Lola soltou a voz com se fosse uma cigarra, e todos aplaudiram as amigas.

20 janeiro

A INVENÇÃO DE YUNO

Yuno era um cãozinho muito inteligente e sempre inventava diferentes máquinas. Certa vez, ele criou uma máquina de ração.

— Deixa eu tentar! — exclamou Iau, o irmão caçula de Yuno, apertando os botões da máquina. De repente, ela começou a liberar ração em grandes quantidades. Yuno tentou desligá-la, mas foi em vão. Quando finalmente conseguiram fazer a máquina parar, a oficina estava repleta de ração.

O que eles fizeram? Chamaram os cãezinhos da rua e compartilharam tudo! Foi a alegria da cachorrada!

21 janeiro

PEQUENA DISTRAÇÃO

Landa, a formiga, vinha pelo caminho carregando uma folha. Distraída, ela não percebeu e subiu em uma fatia de melancia. Depois de muito andar pela fatia, Landa ouviu alguém chamando.

– Landa, minha filha! Isso não é nosso formigueiro!

– Mamãe! Como você me achou?

– Suas amigas viram você subindo aqui e me avisaram. Filha, você deve ter cuidado no caminho!

– Eu pensei que aqueles pontos pretos fossem minhas amigas, mamãe.

– Acho que você está precisando de óculos – disse a mamãe formiga sorrindo.

22 janeiro

DIDO E AS FADAS ENCANTADAS★

O ratinho Dido vivia sozinho em um castelo abandonado. Todas as noites, ele sonhava que estava passeando por uma floresta encantada repleta de fadas. Em seu sonho, Dido conversava com todas elas e, após o encantamento de uma das fadas, o ratinho se tornava o rei da floresta.

Pena que, no dia seguinte, quando Dido acordava, tudo voltava ao normal e ele continuava sozinho no castelo. Cansado de viver só, o ratinho pediu às estrelas que tornassem o seu sonho realidade.

23 janeiro

FADA MADRINHA

Algumas noites depois, enquanto Dido dormia, um enorme clarão tomou conta do castelo. O ratinho correu até a sala para ver o que havia acontecido.

– Olá! Você deve ser o rei do castelo. Muito prazer, eu sou a Fada Azul. As estrelas nos enviaram para realizar o seu sonho – disse a fada.

Dido não acreditava no que estava vendo. Ele não seria o rei da floresta, mas seria o rei do castelo e não viveria mais só. O ratinho recebeu as fadas com muito carinho e agradeceu imensamente às estrelas.

24 janeiro

A CORRIDA ANUAL★

   A corrida anual do fundo do mar ia começar em poucos instantes. O peixinho Pitu já tinha alongado suas nadadeiras. Ele vinha se preparando para essa competição havia muito tempo.

   Quando foi dada a largada, Pitu começou a nadar o mais depressa que podia. Em pouco tempo, conseguiu uma boa vantagem em relação ao segundo lugar. De repente, ele viu algo se mexendo entre algumas pedras. Era um cavalo-marinho que estava preso. Alguns metros adiante, Pitu já avistava a linha de chegada.

25 janeiro

O MELHOR PRÊMIO

Pitu diminuiu a velocidade da corrida e olhou para trás. Os outros participantes estavam se aproximando. Depressa, ele virou-se de volta e começou a nadar em direção às pedras.

Em segundos, os outros competidores passaram correndo em direção à linha de chegada.

Mesmo sendo pequenino, Pitu empurrou uma das pedras que prendiam a cauda do cavalo-marinho e o libertou.

Naquele dia, Pitu não venceu a corrida anual do fundo do mar, mas conquistou o melhor prêmio: um novo amigo.

26 janeiro

UM SUSTO SEM TAMANHO

O gatinho Bambam acordou cedo e saiu para explorar sua nova casa. Ele tinha chegado na noite anterior, vindo de um abrigo. Depois de conhecer todos os cômodos, colocou o focinho perto da porta para explorar o quintal, mas encontrou um cachorro enorme! Bambam desmaiou no mesmo instante.

Ao abrir os olhos, o gatinho viu o cachorro, um papagaio e um coelhinho ao seu redor. Passado o susto, Bambam descobriu que eles eram os outros animais da casa, e logo se tornaram bons amigos.

27 janeiro

MEU CACHECOL PREFERIDO

A ratinha Tuly havia ganhado um cachecol de sua avó quando ainda era filhote e não largava dele de jeito nenhum. Para todos os lugares que ia, Tuly carregava o cachecol.

Um dia, Tuly deixou-o cair em uma poça de lama e sua mãe teve que lavá-lo.

– Mamãe, não lave meu cachecol, ele vai perder o cheirinho – pediu Tuly.

– Filha, logo você terá seu companheiro de volta e limpinho – garantiu a mãe.

No dia seguinte, Tuly pôde abraçar seu cachecol e adorou o cheirinho de lavanda que a mamãe havia colocado nele.

28 janeiro

O BARULHO MISTERIOSO ★

A lua brilhava sobre a lagoa quando o sapo Tililic acordou assustado. Crec! Que barulho seria aquele? Cric! Tililic ficou com tanto medo que até o barulho das folhas se movendo quando ele saltou para outro lugar pareciam mais aterrorizantes.

Cric. Clic. Tic. Tac. Crec. De repente, o silêncio.

Quando deu um segundo salto, o sapinho percebeu que havia pousado em um lugar mais macio, quentinho... e o barulho cessou.

– Oh, não! Está tudo acabado! – ele ouviu, pouco depois, uma vozinha choramingando.

29 janeiro

NOVOS VIZINHOS

O sapinho Tililic olhou para os lados tentando descobrir de quem era aquela voz que estava ouvindo. Então, viu uma ratinha entre os juncos.

– Oi, o que aconteceu? Por que você está chorando?

– Eu estava construindo um novo ninho para minha família, mas você está em cima dele!

Tililic havia descoberto de onde vinha o barulho! Então, com muito cuidado, ajudou a ratinha a construir um novo ninho, onde ela e seus filhotes passaram a viver.

30 janeiro

SALTANDO POÇAS ★

O cachorrinho Áster e a cachorra Gisinha eram melhores amigos. Certo dia, os dois estavam brincando no quintal quando começou a chover. Eles correram para dentro de casa.

– E agora, o que vamos fazer, Áster?

– Vamos brincar de acampamento!

Eles pegaram travesseiros e cobertores e fizeram uma tenda no meio da sala. Quando a chuva passou, Áster teve uma ideia. Ele vestiu sua capa de chuva, calçou suas galochas e voltou para o quintal. Havia muitas poças para serem saltadas.

31 janeiro

PIRATAS DA CHUVA

Áster chamou a amiga:

— Venha, Gisinha. É muito divertido.

— Eu estou com meu vestido novo. Minha mãe não quer que eu o suje.

— Você pode ir até sua casa e colocar outra roupa. Depois, é só tomar um banho para tirar a sujeira.

Gisinha não resistiu ao convite e seguiu a sugestão do amigo. Eles se divertiram muito fazendo de conta que a poça de chuva era o mar e que eles eram piratas navegando. Áster e Gisinha não sentiram o tempo passar e, de repente, já era hora de voltar para casa, mas o dia havia sido muito especial.

01 fevereiro

LIU, O LEOPARDO

Liu era um leopardo muito veloz e bom de corrida. Todos os seus colegas o admiravam por sua agilidade e persistência e gostavam muito de assistir a Liu ganhando todas as disputas.

Certa vez, competindo pelo seu grupo de leopardos, foi desafiado por Dri, uma tigresa, a andar de bicicleta. Dri sabia que Liu nunca negava um desafio.

Liu nunca tinha aprendido a andar de bicicleta, mas era muito orgulhoso e nem pensou em pedir ajuda. Subiu na bicicleta e logo caiu, porque não sabia como pedalar.

Todos começaram a rir de Liu, mas ele não desistiu, mesmo tendo caído muitas vezes. Vendo a dificuldade de Liu, Dri decidiu ajudá-lo, pois não queria deixar o leopardo sozinho.

Liu reconheceu, então, que não sabia tudo e que precisava do apoio de outros animais para ajudá-lo. Assim, tornou-se mais humilde.

02 fevereiro

FESTA GELADA

O pinguim Tutu vivia em uma montanha de gelo com muitos outros de sua espécie. Ele sonhava em encontrar o tesouro dourado: um baú com os peixes mais saborosos do oceano.

Certo dia, Tutu saiu em busca do tesouro e encontrou Fifo, um outro pinguim que também procurava pelo baú.

– Vamos nos unir para encontrá-lo! Assim fica mais fácil – disse Tutu.

– Você tem toda a razão, amigo – concordou Fifo.

Os dois encontraram o tesouro e dividiram os peixes com os outros pinguins. Foi uma grande festa na montanha gelada.

03 fevereiro

DO OUTRO LADO DA CERCA

Certa manhã, a galinha Liloca encontrou uma cerca atrás do pomar. Do outro lado, havia um animal enorme, com o corpo coberto por um pelo marrom-escuro e dois chifres. Era um bisão. Ele olhou bem no fundo dos olhos de Liloca e não sorriu. Mas Liloca não se assustou e logo desatou a falar:

– Oi! Como é seu nome? De onde você veio? O que gosta de comer? Quer brincar? Apostar corrida?...

Ao ouvir tantas perguntas, o bisão ficou surpreso e deu uma gargalhada. Assim, Liloca e o bisão se tornaram grandes amigos.

04 fevereiro

AMIZADE PROIBIDA*

A mãe da abelhinha Própole sempre lhe dizia:

– Não faça amizade com as vespas, minha filha. Elas não são confiáveis, pois não sabem fazer mel.

Então, Própole conheceu Vespasiana no parquinho. Logo elas se deram muito bem. Própole pensava: "Vespasiana é vespa, mas ela é gentil e obedece a mãe dela. Ela me parece bem confiável. Mas eu também sou obediente e mamãe não vai aceitar nossa amizade".

A festa de aniversário de Própole se aproximava. Como não convidar sua melhor amiga?

05 fevereiro

AMIGAS PARA SEMPRE

O dia da festa de Própole chegou e Vespasiana foi convidada. Quando a amiga apareceu, a mãe de Própole arregalou os olhos para a filha:

— Mamãe, quero apresentar minha melhor amiga, Vespasiana. Ela é uma vespa confiável, pois é gentil, obediente e muito educada.

— Fico feliz em saber, Própole. Muito prazer, Vespasiana — disse a mãe, sem graça.

A mamãe abelha pôde comprovar que a filha dizia a verdade e percebeu que julgava as vespas injustamente. Ela ficou feliz com a bela amizade da filha.

06 fevereiro

O CAVALO PETRO★

O cavalo Petro era o animal mais antigo da fazenda e todos os outros bichos o respeitavam muito. O fazendeiro contava com a ajuda de Petro para fazer várias tarefas, como levar as mercadorias para a cidade e ajudar a recolher o rebanho.

– Você é o animal preferido do fazendeiro, Petro – disse o porco.

– Que isso, amigo! Eu apenas gosto de ajudar – respondeu o cavalo.

Mas as coisas mudaram depois que o fazendeiro comprou um cavalo mais novo. O novato passou a fazer todas essas tarefas e Petro ficou bastante triste.

07 fevereiro

UMA BOA COMPANHIA

– Não fique assim. Você é um ótimo cavalo e agora poderá aproveitar o tempo livre para passear pelos campos da fazenda – consolou o porco.

– Você tem razão! É que eu gostava de fazer as tarefas com o fazendeiro – desabafou o cavalo.

Dias depois, já mais conformado, Petro ficou surpreso quando o fazendeiro colocou a sela nele e simplesmente saiu para passear. Petro entendeu que, a partir de agora, ele seria o companheiro apenas de passeio do fazendeiro e que jamais deixaria de ser um cavalo especial.

08 fevereiro

UMA SURPRESA COLORIDA

O ursinho acordou lentamente. Esticou todo o corpo e se espreguiçou. Então, levantou e começou a seguir a mamãe em direção à saída da caverna onde estavam protegidos da neve.

– Para onde vamos, mamãe?

– Eu quero que veja algo, querido, mas precisa ser agora. Vamos! – respondeu a mamãe com carinho.

Depois de caminharem bastante, o filhote teve uma grande surpresa: lindas luzes coloridas brilhavam no céu, dançando como mágica. Era a aurora boreal. Ele sentiu como se estivesse em um lindo sonho.

09 fevereiro

AMULETO

O potro Cardo brincava com sua amiga Centáurea, saltitando no pasto.

– Eu não vejo a hora de colocar ferraduras, Centáurea.

– Por que, Cardo?

– Meu pai me disse que elas serão meu amuleto da sorte.

– Minha mãe falou que elas protegem nossos cascos.

Nesse momento, Cardo deu um salto no gramado e acabou pisando no galho de uma roseira cheia de espinhos.

– Ai! Sabe, Centáurea, pensando por esse lado, talvez a sorte da ferradura seja a de nos proteger para não nos machucarmos!

10 fevereiro

A LENDA DO LOBO ★

O lobo Dom morava em uma caverna no alto da floresta e ele nunca era visto entre os outros animais. Todos diziam que ele era mau e muito bravo, por isso, nenhum bicho se atrevia a chegar perto de sua caverna.

– Será que o Dom é tudo isso que falam mesmo? – perguntou a pequena coelha Violeta.

– Meu pai disse que ninguém nunca foi até a caverna dele – respondeu o esquilinho Zezé.

Os filhotes estavam muito curiosos para saber se a lenda do lobo mau era verdadeira e decidiram ir até a caverna.

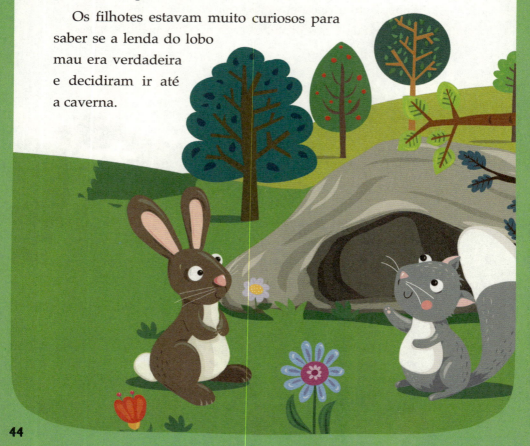

11 fevereiro

FILHOTES CORAJOSOS

Assim que Violeta e Zezé entraram na caverna, eles escutaram uma voz brava dizer:

– Quem está aí?

– Não queremos incomodar, senhor Dom. Já estamos de saída – falou Zezé assustado.

Mas era tarde demais, o lobo apareceu, abriu sua enorme boca e... deu um enorme sorriso.

– Viva! Até que enfim alguém veio me visitar, me sinto tão só aqui – disse o lobo, surpreendendo os filhotes.

Violeta e Zezé foram muito bem recebidos por Dom e, daquele dia em diante, o lobo passou a conviver com os outros animais da floresta.

12 fevereiro

UMA AVENTURA INESPERADA*

O sapo Bitito tinha passado o dia explorando os arredores do pântano. No fim da tarde, estava tão cansado que adormeceu em cima de um lírio d'água. O que ele não esperava é que a planta estivesse na margem do rio e seria levada pela correnteza.

Ao sentir o movimento das águas, Bitito acordou. Ele estava em um lugar desconhecido e já era noite! Depressa, ele saltou para terra firme e viu o lírio d'água seguir o curso do rio. E agora, como Bitito voltaria para casa?

13 fevereiro

VOLTANDO PARA CASA

Sem saber para onde ir, Bitito choramingou:

– E agora, como voltarei para casa?

– Siga o caminho do rio – uma voz macia e sonolenta falou. Era uma raposa que dormia ali perto. Bitito não se moveu. Estava apavorado ao ver aquele animal enorme.

A raposa levantou e começou a caminhar.

– Venha, eu ajudo você.

Bitito seguiu a raposa pela escuridão até chegar a um lugar conhecido, onde deu um salto e coaxou alegremente.

– Obrigado, dona raposa! – ele agradeceu, mas ela já tinha partido.

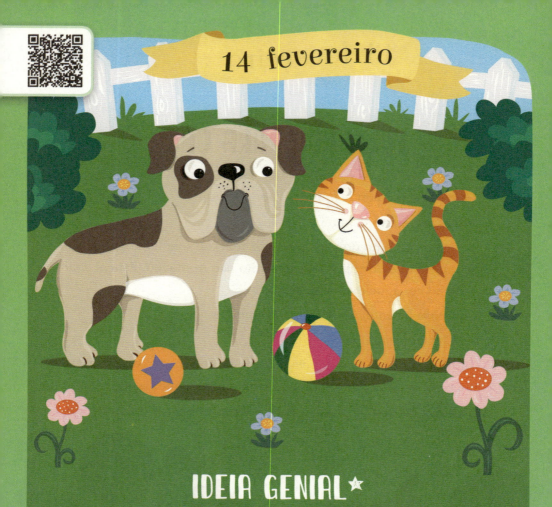

14 fevereiro

IDEIA GENIAL ★

A gata Acácia brincava com o cão Natato todos os dias no parque.

– Natato, quero fazer algo especial para minha mãe.

– Em que você pensou?

– Ela adora panquecas. Mas eu não sei fazê-las.

– Eu posso ajudar você, Acácia.

– Você sabe fazer panquecas, Natato?

– Não, mas a minha mãe sempre faz panquecas deliciosas. Podemos pedir a receita para ela.

– Você é um gênio, Natato.

15 fevereiro

MESTRES-CUCAS EM AÇÃO

Natato e Acácia se encontraram mais tarde na casa do cãozinho e, seguindo a receita da mãe dele, os dois fizeram as panquecas.

Na manhã seguinte, Acácia acordou cedo e foi preparar as panquecas que havia aprendido com o amigo. Sozinha foi um pouco mais difícil do que ela pensava, mas as panquecas ficaram prontas. Acácia preparou uma bandeja e levou-as para sua mãe.

– Mamãe, fiz panquecas especialmente para você.

– Que delícia, minha filha! Obrigada.

– Você merece, mamãe, pois é a melhor mãe do mundo!

16 fevereiro

TETÊ PINTOU O CASCO!

Tetê era uma joaninha muito especial: tinha pintinhas amarelas em seu casco vermelho, mas não gostava muito dessa combinação.

Decidiu, então, pintar as asinhas. As pintinhas amarelas ficaram cor-de-rosa e o casco vermelho ficou azul. Mas quando encontrou suas amigas percebeu que elas tinham tido a mesma ideia. "Puxa! Qual é a graça de ser igual a todos?"

Depois de muito refletir, Tetê assumiu suas bolinhas amarelas e seu casco vermelho como prova de sua singularidade. No fundo, ela só queria ser diferente.

17 fevereiro

O SONHO DE IRIS

A marmota Iris tinha um sonho: aprender a nadar. Mesmo morando perto do rio, ela ainda não havia aprendido a dar as braçadas.

– Eu vou lhe ensinar, minha amiga – disse o jacaré Pipo.

– Vai mesmo? Nem acredito – falou Iris.

Todos os dias, Pipo encontrava a marmota no rio e mostrava a ela os movimentos que deveria fazer com as patas, com o corpo e como controlar a respiração. Uma semana depois, Iris já estava nadando muito bem e ficou bastante agradecida pela ajuda e solidariedade do amigo Pipo.

18 fevereiro

O LIVRO MÁGICO*

Caminhando pela floresta, a joaninha Biba encontrou um livro bem pequenino, que mal poderia ser lido. Ela virou as páginas e ficou surpresa ao ver que ali estavam escritas receitas de poções e encantamentos. Repetindo algumas palavras mágicas, de repente, Biba ficou gigante e depois perdeu suas pintinhas pretas. Assustada, ela começou a chorar. Foi quando viu uma criaturinha entre os arbustos mexendo no livro. Quem seria?

PROBLEMAS MÁGICOS

Antes que pudesse impedir a criaturinha de mexer no livro mágico, Biba voltou ao seu tamanho normal. Então, correu até onde estava o livro e encontrou um duende colocando-o dentro de um saco de pano.

– Ei, aonde você vai com isso? É perigoso!

– Sim, eu sei – respondeu o duende. – Este livro é meu, e eu o perdi quando fiz um encantamento para encolher.

– Então, por favor, guarde-o muito bem, porque estou muito feliz com meu tamanho e minhas pintinhas – sorriu Biba.

20 fevereiro

UM COMPANHEIRO*

O ursinho Cáspio nunca tinha visto um ovo, por isso ficou encantado quando encontrou um na floresta. Ele o pegou e chacoalhou. Cáspio pensou ouvir algo, mas continuou caminhando.

– Vou levar você para casa, amiguinho – disse o urso para o ovo.

Cáspio não contou nada para a mãe e até deu um nome para o ovo: Peônio.

Um dia, Cáspio viu que o ovo estava rachado. O pequeno urso ficou desesperado e acabou pedindo ajuda para a mãe:

– Mamãe, meu ovo Peônio está machucado!

– Ele está se quebrando, meu filho.

21 fevereiro

FINAL FELIZ

A mãe de Cáspio agora entendia tudo:

– Por isso você andava falando sozinho ultimamente.

De repente, um pintinho saiu de dentro do ovo, chamando pela mãe.

– Ele deve ser filho da dona Leleia. Ela estava procurando um ovo que havia perdido – esclareceu a mãe de Cáspio.

Peônio era mesmo o filho perdido da galinha Leleia e ela gostou do nome que Cáspio havia dado ao seu filhote. Ela ficou agradecida pelo pequeno urso ter cuidado do ovo com tanto carinho.

Cáspio e Peônio se tornaram amigos inseparáveis.

22 fevereiro

O VAGA-LUME PIRATA

O sonho do vaga-lume Bento era ser um grande pirata, mas os piratas vivem no mar e Bento morava na floresta.

– Se eu tivesse um tapa-olho de pirata, já seria feliz – disse ele.

A abelha Mel ficou com dó do amigo e preparou-lhe uma grande surpresa.

– Pirata Bento, aqui está seu tapa-olho! Agora, você pode procurar o tesouro escondido na floresta – falou a abelha.

– Mel, você é a melhor amiga que alguém pode ter. Vamos procurar o tesouro juntos – convidou Bento.

E os dois partiram em uma grande aventura.

23 fevereiro

DANÇANDO NA CHUVA

Plic! Plic! Ploc! As gotas caíam apressadas sobre o gramado.

– Mamãe, posso brincar lá fora? Já acabou a chuva? – a ursinha Nina estava impaciente. Aquela chuva de verão a fez ficar dentro de casa. Ela queria correr e brincar no quintal, não dentro do quarto.

Ao ver Nina tão chateada, a mamãe teve uma ideia:

– Nina, o que acha de um banho de chuva?

A ursinha deu um salto do sofá. De mãos dadas, Nina e sua mamãe correram para o quintal e foram brincar na chuva. Foi uma tarde inesquecível.

24 fevereiro

HERÓI EM TEMPO INTEGRAL*

Tibico era um sapinho que adorava se vestir de super-herói. Ele amarrava uma toalha nas costas como capa e havia feito dois buracos em um lenço para ser a máscara. Sozinho, imaginava mil histórias em que era o Super Sapo salvando a lagoa do Capitão Lixão, um vilão que sujava as águas com lixo.

O único porém era que Tibico não queria tirar a roupa nem para dormir. O sapinho iria para a escola em breve e sua mãe começou a se preocupar.

25 fevereiro

IDENTIDADE SECRETA

No primeiro dia de aula, Tibico não quis vestir o uniforme.

– Vamos, meu filho, todos os seus colegas estarão de uniforme.

– Eu já estou com meu uniforme de Super Sapo, mamãe.

– Os super-heróis não têm dupla identidade?

– O que é isso?

– Eles são pessoas comuns e heróis ao mesmo tempo. Você é o Tibico e só a mamãe sabe que você também é o Super Sapo. Ninguém pode descobrir sua identidade secreta.

Tibico vestiu o uniforme e aquele ficou sendo um segredo entre ele e sua mãe.

26 fevereiro

MANIA DE LIMPEZA ⭐

A casa da formiga Suzi era extremamente limpa e arrumada. A formiga passava o dia limpando o chão, tirando o pó das janelas e lustrando as louças para deixar tudo brilhando.

– Você passa o dia todo limpando a casa e nem se diverte, Suzi – disse o grilo Lulu.

– A casa da gente precisa estar sempre limpa e não bagunçada. Não gosto de nada fora do lugar – respondeu a formiga.

Quando as férias chegaram, os irmãos mais novos de Suzi foram passar alguns dias na casa dela.

27 fevereiro

BAGUNÇANDO TUDO

Quando os irmãos de Suzi chegaram, ela quase enlouqueceu, pois eles queriam brincar e acabaram tirando algumas coisas do lugar.

No começo, a formiga ficou brava, mas com o tempo ela acabou se convencendo de que não adiantava querer manter tudo perfeito.

Com o passar dos dias, a formiga acabou se divertindo na companhia dos irmãos mais novos e viu que o grilo tinha razão, ela já havia esquecido como era bom se divertir de vez em quando. Suzi até sentiu saudades dos irmãos depois que eles foram embora.

28 fevereiro

O SUSTO DOS PINGUINS

Os pinguins estavam brincando sobre uma placa de gelo, quando parte dela se rompeu e foi levada pela correnteza. Os filhotes pinguins que estavam sobre ela não conseguiram voltar nadando, e começaram a chorar.

Nesse momento, a baleia Buga foi até a superfície da água. Ao ver a baleia emergindo, os pequeninos ficaram apavorados. Mas Buga empurrou gentilmente a placa de gelo de volta, salvando os pinguins. Que alegria! Assim, os pinguins se tornaram amigos da grande Buga.

01 março

O URSINHO GUIGO

Guigo era um ursinho diferente, pois não comia mel, só folhas. Os outros ursos de seu bando até aceitavam, mas não entendiam essa preferência de Guigo. Como podia gostar de algo tão sem graça em vez de provar o sabor adocicado do mel?

Certa vez, os ursos saíram para procurar favos de mel e levaram Guigo junto. Ele tinha um ótimo olfato e os ajudava a rastrear os alimentos.

– Vamos pegar todos os favos que conseguirmos! – exclamaram os ursos.

Guigo, porém, pediu aos colegas que agissem diferente, sem prejudicar as abelhas. Em vez de tomar os favos, que pedissem só o que elas pudessem dar. Guigo achava que os animais deveriam conviver em harmonia e não assustar uns aos outros, por isso tinha deixado de comer mel e passado a se alimentar de folhas.

Por causa dessa atitude de Guigo, as abelhas e os ursos ficaram amigos e até hoje convivem pacificamente.

02 março

TUTU, UM URSO BEM DIFERENTE*

O urso Tutu hibernava em sua caverna no inverno e saía no verão à procura de folhas. Isso mesmo! Tutu era um urso diferente e, em vez de comer mel, ele adorava comer as folhas saborosas da floresta.

— Você é um urso ou um dinossauro? – brincou o tamanduá.

— Vindo de alguém que come formiga, a sua pergunta é bem engraçada – respondeu o urso dando um grande sorriso.

Os animais da floresta já haviam se acostumado com o gosto de Tutu e sempre que encontravam alguma folha diferente, levavam para ele experimentar.

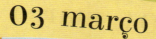

FOLHA SABOROSA

Certo dia, o tamanduá encontrou uma folha diferente das que existiam na floresta e levou para Tutu. A folha tinha as pontas crespas e era de um verde bem suave.

– Que delícia! Onde você encontrou? – perguntou Tutu.

– Foi em uma fazenda aqui perto. Mas não é só isso! O fazendeiro deixou cair algumas sementes enquanto plantava e eu trouxe para você cultivá-las – falou o tamanduá.

Assim, Tutu plantou as sementes da folha e logo surgiu uma grande plantação de alface! E o urso adorou saborear aquela folha gostosa.

04 março

KIKO TRAVESSO

Kiko era um castor muito travesso. Ele adorava pregar peças. A travessura que Kiko mais gostava era roer galhos de árvore para deixá-los fininhos. Assim, quando o vento soprava, eles caíam lá de cima. O que Kiko não imaginava era que, em um dia de fortes ventos, ele precisaria passar por baixo dessas árvores. O que aconteceu? Um dos galhos caiu bem na cabeça de Kiko! Ai! Depois disso, Kiko não roeu mais os galhos das árvores altas, mas continuou aprontando travessuras na floresta.

05 março

A INCRÍVEL TRANSFORMAÇÃO DE VININHA

A lagarta Vininha passava o dia devorando folhas. De tanto comer, ela não conseguia nem andar, mesmo com as suas muitas patas. Até que um dia...

– Ai, que sono! Vou tirar uma soneca. – Vininha se pendurou em uma haste de folha. De repente, a lagarta sentiu um vento bater na folha:

– Ui, que frio! Vou me cobrir. – E Vininha fez um casulo em volta de si. Ela dormiu por muito tempo e um belo dia acordou:

– Agora tenho asas! – A lagarta tinha se tornado uma linda borboleta que se alimentava do néctar das flores.

06 março

OS PÉS DA CENTOPEIA ★

A centopeia Cleia tinha muitas patas, mas não gostava de usar sapato de jeito nenhum.

— Filha, coloque os seus sapatinhos para não pegar friagem – pedia a mãe de Cleia.

— Mamãe, até eu colocar todos esses sapatos, chegarei na escola na hora de voltar para casa – respondia a centopeia.

Todos os dias a história se repetia e, vendo aquela cena, a aranha, que era muito amiga de Cleia, resolveu ajudá-la.

— Eu pensei em um jeito de proteger suas patas. Amanhã mostrarei a você – falou a aranha.

07 março

UM PRESENTE DIVERTIDO

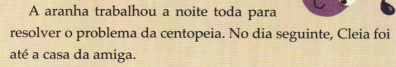

A aranha trabalhou a noite toda para resolver o problema da centopeia. No dia seguinte, Cleia foi até a casa da amiga.

– E então, você conseguiu ter uma ideia? – perguntou a centopeia.

– Sim! Eu usei minhas teias e fiz várias meias grudadas umas nas outras. Assim, fica mais fácil para você colocar e também poderá usar por mais tempo porque a teia é como se fosse uma pele protetora – explicou a aranha.

A centopeia ficou muito feliz e sua mãe não precisava mais se preocupar se ela pegaria friagem nos pés.

08 março

O NOVO JOGADOR DO TIME ★

Em uma tarde ensolarada, a gatinha Tilica e seus amigos estavam jogando futebol quando Tico apareceu no campinho.

– Vejam, é o cãozinho que se mudou há pouco tempo – a gatinha falou, aproximando-se dele.

– Oi! Meu nome é Tico, posso jogar com vocês?

Depressa, os amigos fizeram uma reunião, cochichando seu ponto de vista. Por fim, Tilica anunciou:

– O time Quiproquó decidiu que... vai ser ótimo ter mais um jogador no time!

Tico ficou muito feliz, e o time finalmente ficou completo!

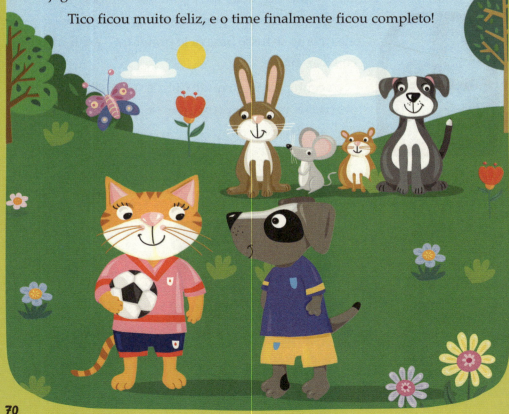

09 março

O GRANDE JOGO

Tico logo fez amizade com todos do time e se mostrou um ótimo atacante.

– Vamos vencer esse jogo e mostrar que o Quiproquó é demais! – falou Tilica, a capitã do time, antes da partida contra a equipe Lé Com Cré.

Foi um jogo difícil, os adversários jogavam muito bem. Até que Tico foi derrubado dentro da área nos últimos minutos. Pênalti!

Tico se concentrou, encarou o goleiro do outro time e chutou com força.

– Goooool! – exclamaram todos. O time Quiproquó venceu o jogo, e Tico foi o herói da partida!

10 março

PESCARIA

Zínio, o ratinho, comia um pedaço de queijo no recreio da escola quando sua colega Rosa se aproximou.

– Servida, Rosa?

– Não, obrigada. Já comi meu talo de couve. Hoje sua lancheira veio bem recheada, Zínio.

– Meu pai foi pescar ontem. Ele encontrou uma ratoeira na porta de nossa toca e não teve dúvida, pegou um pedaço de linha, um anzol, subiu em uma mesa e pescou o queijo da ratoeira. Foi um susto quando a armadilha desarmou.

– Seu pai foi muito esperto!

– Teremos queijo por um bom tempo, Rosa.

11 março

A LAGARTA IMPACIENTE

Lá vai a lagarta Tatá, brava como sempre, toda impaciente.

– Por que eu tive que nascer lagarta? Por que ando tão devagar? – lamentava Tatá.

– Acalme-se, amiga. A natureza sabe de todas as coisas. Espere e verás – dizia sua amiga, a libélula Jade.

Certo dia, Tatá começou a tecer um casulo ao redor de si, fazendo uma casinha, e pendurou-se numa folha. Tempos depois, a lagarta criou belas asas e saiu voando. Ela havia se transformado em uma linda borboleta e agora podia voar rapidamente por todos os cantos.

12 março

VISITA À FAZENDA ★

Era a primeira vez que Moriá visitava uma fazenda. Ela morava na cidade e não sabia como era a vida no campo.

– Ah, minhas patinhas ficaram sujas de lama! – exclamou ao passar pela porteira. – Ui, esse mato me incomoda!

– Desse jeito, como vamos nadar no lago e brincar com os patos? – perguntou o primo dela que morava na fazenda.

Moriá não estava gostando muito daquilo tudo, mas decidiu que iria experimentar como era viver no campo, ao menos por um dia. Mesmo que fosse mais difícil do que ela imaginava...

13 março

A VIDA NO CAMPO

Moriá visitou o pomar e a horta, e sentiu o cheiro de várias flores lindas e diferentes dentro da estufa. À tarde, ela foi com seu primo até o lago, onde brincaram com os patos e marrecos, mergulharam na água refrescante e depois correram pelo campo perto das ovelhas.

No fim do dia, Moriá tinha folhas e gravetos grudados no pelo, que estava todo marrom, cor de terra; mas ela não se importou:

– Adorei o passeio na fazenda, primo! Sabe, conhecer esse lugar e fazer tantas coisas diferentes foi maravilhoso!

14 março

CAMUFLAGEM★

Hibisco era um filhote de camaleão muito tímido. Desde bebê, ele ficava da cor do lugar onde estivesse sentado para se esconder de estranhos.

Certo dia, Hortênsia, uma filhote de camaleão, foi brincar no balanço e ouviu um grito:

– Ei, eu estou aqui – disse Hibisco, timidamente.

– Desculpe, não vi você. Vamos brincar?

– Agora não posso, minha mãe está chamando.

Hibisco queria brincar com Hortênsia, mas ele era tímido e, sempre que ela chegava, o camaleão se escondia ficando da cor da folhagem.

15 março

VENCENDO A TIMIDEZ

Certo dia, quando chegou ao parquinho, Hortênsia chamou:

– Hibisco, apareça, eu sei que você está aí.

– Oi, Hortênsia, como você sabia?

– Eu sempre sinto sua presença, mas não queria incomodar você.

– Desculpe, eu tenho muita vergonha.

– Eu também tenho vergonha de quem não conheço, mas eu sei que você é o Hibisco, é um camaleão legal e vem brincar todo dia no parquinho.

Hibisco sorriu e, desde aquele dia, ele ganhou uma grande amiga e passou a ser um pouco menos tímido.

16 março

FESTA SURPRESA

A ursa Pipa era muito querida pelos animais da floresta e sempre os ajudava.

Quando o passarinho ficou preso na armadilha, ela o soltou. Quando a dona tartaruga se enroscou dentro do casco, Pipa logo deu seu jeito.

O aniversário da ursa estava se aproximando e os amigos fizeram uma surpresa. Eles fingiram que haviam esquecido o aniversário de Pipa, mas estavam mesmo era planejando uma festa.

Quando Pipa viu aquela linda festança, ela gritou:

– Eu tenho os melhores amigos do mundo!

SEMPRE JUNTOS

    Os coelhinhos Cacau e Cadu passavam o dia discutindo. Nunca concordavam em nada. Certo dia, resolveram morar em casas separadas, assim não brigariam mais.

    Na manhã seguinte, eles se sentiam felizes por estarem sozinhos. Mas ao entardecer já começaram a achar que isso não era tão bom. Com quem Cadu dividiria os bolinhos? E para quem Cacau daria as amoras frescas?

    Sem pensar muito, Cadu e Cacau se encontraram em sua antiga casa e finalmente concordaram com algo: que era muito melhor ficarem sempre juntos.

18 março

A DESCOBERTA★

Um dia, o pequeno pinguim Lisianto chegou da escola animado:

– Mamãe, descobri que somos aves! Não vejo a hora de aprender a voar!

– Meu filho, a professora não explicou que não sabemos voar, só nadar?

Lisianto não se conformou com a informação de sua mãe. Ele passou a tentar voar todos os dias. Saía correndo pelo quintal, batendo os braços, mas só conseguia rolar pelo monte de neve. Tentou ganhar impulso com trenó, esqui, snowboard... nada adiantou, Lisianto não saía do chão.

– Não é possível. Tem de ter um jeito – ele sempre repetia...

19 março

COMO UM PÁSSARO

A mãe de Lisianto notou que ele andava tristinho. No fim de semana, eles fizeram um passeio ao parque e o pequeno pinguim teve uma surpresa. Sua mãe o levou para passear de balão.

– Mamãe, estou voando! Muito obrigado! É o dia mais feliz da minha vida!

– Estou voando também, filho. Afinal, somos aves, não somos? – a mamãe sorriu concordando.

Depois do passeio de balão, Lisianto fez suas aulas de natação com muito empenho e se divertia com os outros pinguins na água.

20 março

UM PEIXE CURIOSO★

O esperto Lumi era um peixinho muito curioso que adorava explorar os corais e conversar com os outros seres que viviam sob as águas.

Lumi queria saber tudo: por que o polvo tinha oito tentáculos? Por que o bico do peixe-espada era tão grande? Por que os tentáculos da água-viva provocavam queimaduras? Assim, o pequeno Lumi saía perguntando tudo para todos no coral.

Certo dia, Lumi teve uma curiosidade que ninguém soube responder:

– Quantos anos pode viver uma tartaruga marinha? – perguntou ele.

21 março

EXPLORANDO O OCEANO

— Lumi, as tartarugas só passam por aqui uma vez ao ano, quando estão migrando, e ninguém nunca perguntou isso a elas – respondeu o cavalo-marinho.

Muito persistente, Lumi esperou por alguns meses até as tartarugas passarem e, quando chegou o momento, ele nadou até elas e fez sua pergunta.

— Meu amiguinho, nós podemos viver mais de cem anos – respondeu uma das tartarugas.

Lumi nadou depressa de volta para o coral e, muito feliz, compartilhou com todos o que havia acabado de descobrir.

22 março

O MONSTRO DA NOITE

A gatinha Blair estava dormindo calmamente quando ouviu um estrondo. CABRUM! Ela deu um pulo da cama e se escondeu debaixo da coberta. O que seria aquilo?

– Um monstro! – Blair gritou ao ver sombras na janela. Sua mãe entrou no quarto no mesmo instante e sorriu.

– Não há o que temer, querida. O que você está vendo são apenas folhas.

– Mas e o barulho, mamãe?

– Foi um trovão anunciando uma chuva forte.

Aconchegada nos braços da mamãe, Blair adormeceu novamente, ouvindo as gotas de chuva caírem.

23 março

EXAGERADO

– Ai, mamãe, minha barriga.

– Eu avisei para não comer a cenoura inteira, Anis!

O coelhinho não conseguia levantar da cama naquela manhã. No dia anterior, ele havia encontrado uma cenoura enorme na horta e devorou-a sozinho. Agora, sua barriga doía muito.

– Fiz um chá de camomila, filho, beba para passar a dor. Você precisa ouvir meus conselhos.

– Eu ouvi. A senhora sempre diz que cenoura faz bem para saúde.

– Mas sem exageros, meu filho!

– Não comerei cenoura por um bom tempo, mamãe.

24 março

CORRIDA DAS PÉROLAS

No fundo do oceano, todo ano um grande evento agitava o coral: a Corrida das Pérolas. Os moradores competiam para ver quem encontrava o maior número de pérolas nas conchas.

– Este ano não vai ter para ninguém, eu vou ganhar! – afirmou o baiacu.

– Eu treinei o ano todo e estou preparada para vencer essa competição – disse a arraia.

O pequeno peixe-palhaço Duca havia acabado de se mudar para o coral e ele se inscreveu para a prova, mas ninguém confiou que um peixe pequenino e engraçado pudesse ganhar.

25 março

O PEQUENO GRANDE CAMPEÃO

No dia da Corrida, o polvo deu a largada e os competidores começaram a prova. O baiacu não foi muito longe porque ficou com medo de inflar e a arraia parou pelo caminho para conversar com os amigos. Enquanto isso, o pequeno Duca se esforçava para pegar o maior número de conchas possível.

Quando a prova terminou, o polvo fez a contagem e, para a surpresa de todos, o vencedor foi Duca, que conseguiu mais de 50 pérolas. Todos parabenizaram Duca e aprenderam que tamanho não é documento.

26 março

PERDIDA NA FLORESTA★

Georgete estava muito animada colhendo flores coloridas. Ela queria montar um lindo buquê para presentear sua irmã Niquinha, que havia ficado doente. A cada passo, ela encontrava uma espécie diferente e, com isso, foi aos poucos adentrando a floresta. Quando encheu a cesta de flores, Georgete percebeu que estava muito longe de casa e a noite começava a cair. Ela começou a choramingar, olhando assustada para todos os lados, tentando reconhecer algo, mas não encontrava nada. Ela teria que passar a noite na floresta?

27 março

UMA AJUDA EM BOA HORA

A Lua brilhava no céu iluminando a floresta, quando Georgete percebeu que outro animal estava se aproximando. De trás dos arbustos saiu um simpático esquilo.

– Olá! Você precisa de ajuda? Eu conheço todos os caminhos da floresta, para onde quer ir?

Georgete explicou como era sua casa e o esquilo deu um salto, então começou a correr. A pequena gambá foi logo atrás.

– Niquinha – Georgete falou ofegante ao chegar em casa –, deixei a cesta de flores para trás, mas trouxe um novo amigo, o que acha?

Niquinha adorou a surpresa.

28 março

HISTÓRIA FAVORITA

Lótus, o filhote de panda, gostava muito de ler e de ouvir histórias. Seu livro preferido era "O pequeno panda e o pé de bambu", em que um panda subia em um bambu gigante que o levava até o céu onde morava uma fada. A fada o prendia, mas o pequeno panda conseguia escapar e voltar para casa:

– Mamãe, sabe de que eu mais gosto nessa história?

– De que, meu filho?

– De como ele consegue fugir da fada. Eu também não iria trocar a senhora por ninguém.

– Ah, Lótus, eu também não troco você por ninguém!

29 março

A TRISTEZA DE SORRISO

O coelho Sorriso era chamado assim porque desde pequeno sempre estava de bom humor.

Sorriso adorava passar o dia desenhando e colorindo no livro que havia ganhado de sua mãe, porém, certa tarde o coelho procurou por todos os cantos e não encontrou o livro. Pela primeira vez, Sorriso ficou triste. A coruja Zazá, vendo a tristeza do amigo, voou por toda a floresta e encontrou o livro de Sorriso debaixo de um arbusto.

Zazá pegou o livro e levou para o coelho, e Sorriso voltou a sorrir novamente.

30 março

RIO ABAIXO★

Nazinho estava brincando com Julila perto do riacho quando o chapéu dele saiu voando com o vento e caiu na água.

– Oh, não! Foi um presente do meu pai! – exclamou Nazinho. Julila começou a correr acompanhando o chapéu. Como ela não queria molhar os sapatos novos, depressa pegou um grande galho que estava no caminho e jogou no riacho, para bloquear a passagem. Mas o chapéu passou por entre as folhas e continuou sendo levado pela correnteza. Nazinho e Julila ficaram muito chateados olhando o chapéu desaparecer debaixo da ponte.

31 março

O RESGATE DO CHAPÉU

Nazinho e Julila subiram a ponte correndo, tentando ver para onde tinha ido o chapéu. Enquanto isso, um coelhinho desceu saltitando pelo outro lado da ponte. Poucos segundos depois, Julila avistou as orelhas do coelhinho: ele estava trazendo o chapéu de volta. Viva!

Teteco, o simpático coelho, explicou que o riacho era raso, por isso conseguiu pegar o chapéu. Com isso ele salvou o dia, e ainda fez dois novos amigos!

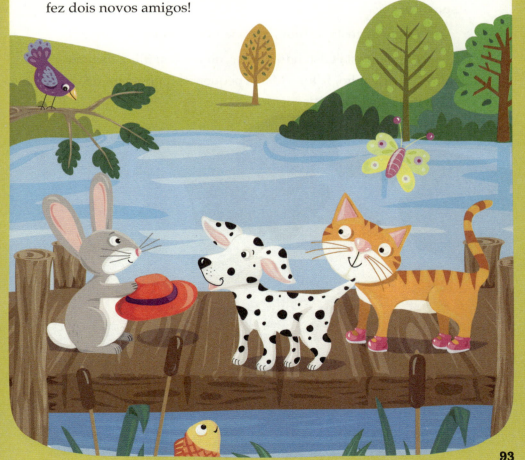

01 abril

ALGO NÃO CHEIRA BEM★

O filhote de hipopótamo Kito não gostava de tomar banho.

– Venha, Kito, a água está uma delícia – chamava sua mãe, mas ele não a atendia.

– Que cheiro é esse? – perguntavam os outros filhotes. Era Kito que não se banhava.

Ele passou a ficar sozinho, todos se afastaram, exceto sua mãe.

– Ninguém gosta de mim, mamãe – choramingava o filhote.

– Ninguém está gostando do seu cheiro, meu filho. É importante tomar banho, Kito. – Mas o pequeno hipopótamo não se dava por vencido.

02 abril

BANHO REFRESCANTE

Num dia quente, Amarílis, amiga de Kito, chamou-o assustada:

– Venha, Kito. Sua mãe precisa de ajuda. Ela está na lagoa.

O hipopótamo saiu apressado. O que teria acontecido com ela?

– Amarílis, onde ela está? Eu não a vejo.

– Acho que você terá de entrar na lagoa, Kito.

Ele não queria entrar na água, mas acabou convencido. Assim que entrou na lagoa, a mãe de Kito apareceu e conseguiu dar um banho nele. O hipopótamo viu como era bom tomar banho e nunca mais fugiu da água.

O COALA KARÊ

Karê vivia em um grande bambuzal. Certo dia, seu pai lhe pediu para pegar alguns brotos de bambu para o jantar.

– Claro, pai. Vou escolher os mais saborosos – respondeu ele.

Então, Karê começou a coletar os bambus, mas sem se dar conta de que estava indo longe demais. Quando estava quase entrando na parte perigosa da floresta, um caracol alertou-o:

– Karê, tenha cuidado, a mata é perigosa e você pode se perder.

Karê agradeceu e retornou ao bambuzal trazendo brotos e um aprendizado: sempre ficar atento.

04 abril

A FADA JÔ

No mundo encantado das fadas viviam muitos animais e insetos bondosos. A joaninha Jô havia nascido lá e, desde pequenina, sonhava em ser uma fada.

– Não seja tola. As fadas são seres mágicos – dizia a abelha Emi.

– Eu acredito em meu sonho e sei que um dia poderei ser uma linda fada – dizia Jô.

Certa noite, a fada dos desejos apareceu e pediu para a joaninha fazer um pedido. Quando Jô acordou no dia seguinte, ela havia se transformado em uma bela fada, e todos ficaram encantados.

05 abril

OS BISCOITOS DE CARVÃO

Clarabela aprendeu uma nova receita com sua tia e correu até sua casa para preparar uma surpresa para a mamãe. A bezerrinha misturou os ingredientes e modelou os biscoitinhos. Com a ajuda de sua irmã mais velha, colocou-os no forno e esperou. Mas os ponteiros do relógio pareciam não se mover! Então, Clarabela foi dar uma volta na fazenda e acabou esquecendo da hora. Quando voltou, os biscoitinhos pareciam pedaços de carvão de tão queimados. O lanche especial da mamãe teve que ficar para outro dia!

06 abril

O TALENTO DE BIMBÃO

Bimbão era um porquinho-da-índia muito falante. Na hora de brincar de pega-pega, às vezes ele se esquecia de fugir do pegador, porque ficava conversando com as formigas. Seus amigos se divertiam com o jeito falante de Bimbão. Certo dia, eles resolveram organizar um show de talentos na floresta. As formiguinhas fariam uma apresentação de dança, o tatu seria o mágico, o coelho iria cantar e o castor decidiu declamar um poema. E o Bimbão? Ah, ele foi escolhido para ser o apresentador da festa!

07 abril

NOVOS MORADORES ★

Era uma vez um coral no fundo do mar onde viviam várias espécies marinhas, e todos ajudavam uns aos outros. Não era muito comum ter tubarões morando junto com os habitantes do coral, pois como eram grandes predadores, eles viviam mais perto da superfície.

Duti, um filhote de tubarão, havia se mudado junto com sua mãe para uma casa próxima ao coral havia pouco tempo e, no começo do ano, a mãe de Duti matriculou o tubarãozinho na escola do coral.

Nos primeiros dias de aula, Duti ficou com receio de ir à escola.

08 abril

PRIMEIRO DIA DE AULA

– Mamãe, e se os outros alunos tiverem medo de mim? – perguntou Duti.

– Você explica que não há motivo para isso, pois você não faz mal a ninguém – disse ela.

Duti foi para a escola e, no começo, os outros alunos ficaram mesmo com um pouco de medo dele, afinal, os tubarões não tinham uma fama de serem muito amigáveis. Mas logo a professora conversou com os alunos e explicou que nem todos os tubarões eram bravos e perigosos. Assim, Duti fez grandes amizades e pôde mostrar que os tubarões também podiam ser amigos.

09 abril

O SEGREDO DE GIGICA★

No meio da savana havia um enorme lago onde os filhotes se refrescavam no fim da tarde. Macacos, hipopótamos e zebras se misturavam e se divertiam. Apenas Gigica ficava de fora.

– Eu não vou me sujar com esse monte de lama e água – ela dizia. Isso porque Gigica não sabia nadar e tinha vergonha de pedir ajuda para aprender. Com isso, ela acabava ficando sozinha enquanto os outros animais brincavam. Até que um dia, o macaco Lelico se escondeu atrás dela e deu um grito. Gigica levou um susto tão grande que acabou caindo na água!

10 abril

BRINCANDO COM TODO MUNDO

Apavorada, pois não sabia nadar, Gigica começou a gritar e bater as patas na água. Depressa, os animais se aproximaram e a ajudaram a sair da lagoa. Lelico se aproximou e pediu desculpas pelo susto.

– Eu não queria fazer mal, só queria que você brincasse com a gente! – ele falou.

Gigica ficou muito feliz por saber que poderia brincar com todos. Com o tempo, ela até descobriu que nadar não era tão difícil quanto imaginava, e que não havia problema algum em dizer que não sabia fazer algo, pois poderia aprender!

11 abril

O DILEMA DA NUVEM

A nuvem queria derramar suas gotas de chuva sobre a terra para regar as flores, encher os rios e diminuir a poluição do ar, mas ela não conseguia fazer chover. Isso a deixou muito triste.

– Acalme-se, nuvenzinha. Há o tempo certo para tudo. Quando você estiver preparada, suas gotas cairão naturalmente – explicou o céu azul.

Dito e feito! Dias depois, a pequena nuvem, que já estava bem carregada, começou a derramar as gotas de chuva sobre a terra. Ela ficou muito feliz e conseguiu alegrar a todos com a chegada da chuva.

A LAGARTIXA AMARELA

    A lagartixa Béli era bem diferente das demais, afinal, ela era amarela.

    – Por que sua pele é dessa cor, Béli? – perguntou a abelha.

    – Antes de eu nascer, o meu ovo caiu dentro de uma poça de tinta amarela e ficou lá por dias. Quando a casca se quebrou, eu já saí de lá de dentro dessa cor – explicou a lagartixa.

    – Eu acho mesmo é que você nasceu madura, por isso que não é verde como as outras lagartixas – falou a abelha dando risada.

    Béli era muito feliz mesmo sendo diferente da maioria e achou graça na brincadeira da amiga.

13 abril

NA CASA DA VOVÓ★

A coelhinha Flipa foi passar uns dias na casa de sua vó. Antes de sair, ela pegou seus brinquedos favoritos: a boneca que falava, o videogame e outros objetos eletrônicos. Mas no terceiro dia que estava lá, as pilhas dos brinquedos acabaram e na casa da vovó não havia televisão (nem energia elétrica) para ligar o videogame. Flipa ficou triste.

– Querida, por que você não vai para o quintal?

– Vovó, não há nada interessante lá fora...

A vovó sorriu e lhe deu a mão. Então, juntas, foram para o quintal.

14 abril

MUITA DIVERSÃO!

Flipa não imaginava que a vovó poderia ter tantas ideias divertidas. No quintal, as duas fizeram uma montanha de folhas e depois espalharam tudo, montaram um barco de papelão, colheram flores e fizeram bonecas com gravetos. À noite, contaram e ouviram histórias e fizeram sombras sob a luz da vela.

– Vovó, posso pedir uma coisa? – Flipa sussurrou já deitada na cama.

– É claro, querida!

– Podemos brincar de novo, amanhã, depois e depois de novo? Foi muito divertido, eu adorei!

15 abril

O GRANDE ESPETÁCULO★

Sálvia, Tulipa, Verbena e Ranúnculo foram brincar de teatro. Sálvia escreveu a peça, distribuiu os papéis e foi a diretora. Verbena era a personagem principal e providenciou os figurinos e Ranúnculo, o cenário.

– Eu não vou ser a personagem principal? – reclamou Tulipa.

– Você será a minha amiga principal – brincou Verbena.

– A peça precisa de música. Você pode ser a responsável – disse Ranúnculo.

– Podíamos apresentar a peça para nossas famílias – sugeriu Sálvia.

NASCE UMA ESTRELA

Os amigos iam apresentar a peça perto do lago, mas Verbena perdeu a voz. Como a apresentação aconteceria sem sua protagonista?

– Tulipa, você sabe todas as falas! Você pode representar a rainha das fadas no lugar de Verbena – falou Sálvia.

– Eu não sou tão boa quanto Verbena.

Verbena escreveu em um papel: "Você é ótima!"

Tulipa respirou fundo e se apresentou. A turminha foi muito aplaudida e a peça foi um sucesso. Tulipa abraçou Verbena dizendo:

– Você que é a minha amiga principal!

17 abril

O ANEL MÁGICO

Era uma vez uma abelha chamada Lali. Ela encontrou um lindo diamante que havia caído do céu. Lali adorava usar anéis, então, fez um elegante anel com aquele diamante.

Certa manhã, Lali apontou a mão para o céu e pensou que seria bom se chovesse, pois os dias estavam quentes demais. No mesmo instante caiu uma refrescante chuva.

Então, Lali descobriu que o diamante era mágico e, daquele dia em diante, ela usou o poder de seu anel para fazer o bem e ajudar a todos na floresta.

18 abril

O QUE É ISSO?

Os cãezinhos Deto e Beto estavam no jardim quando viram algo diferente em meio às folhas. Era uma bolinha de pelo fofo cinza que tremia sem parar. Quando se aproximaram, Deto cutucou a bolinha com um graveto. Ela gritou: – Ai!

A bolinha, na verdade, era a chinchila Ivy! A toca dela tinha sido destruída pela chuva da manhã, e Ivy não tinha para onde ir. Muito gentis, os cãezinhos cederam um lugar em sua caminha para a chinchila. Assim, ela passou a ter um lugar para viver e ainda bons amigos.

19 abril

SEMELHANÇAS E DIFERENÇAS ⭑

Viki voava pelas árvores do jardim, quando avistou uma lagarta:

– Olá, eu sou Viki. Sabia que já fui lagarta também?

– Verdade? Eu sou Malva. Será que vou ficar como você?

– Não sei, Malva. Você é peluda, eu não tinha pelos.

Depois de passados alguns dias, Viki voltou à folha onde achara Malva e só encontrou um casulo. De lá saiu uma mariposa.

– Viki! Eu estou parecida com você?

– Você também está com asas, Malva.

– Vamos até a lagoa para eu me ver na água.

20 abril

SOL E LUA

Viki e Malva chegaram à lagoa:

– Viki, que bicho eu sou?

– Não é borboleta, Malva. O seu casulo é feito de fios de seda. O meu parecia uma folha seca.

– Você é uma mariposa – disse Palma, que descansava em um lírio-d'água.

– Mariposas gostam de voar em volta da luz à noite.

Todos os dias, quando Viki saía de manhã para se alimentar de néctar, encontrava Malva voltando de seu voo noturno. Abraçavam-se e Malva ia descansar. Mesmo saindo em horários diferentes, elas se tornaram melhores amigas.

21 abril

UM GIGANTE NA FAZENDA ⭐

O coelho Rabicho chegou correndo no celeiro. Afobado, mal conseguia falar.

– Gi... gi... gigantes! – ele exclamou.

Todos os animais ficaram assustados com a notícia. As galinhas correram para o poleiro e o porquinho foi procurar sua mamãe, enquanto o cavalo Nestor tentou acalmar Rabicho.

– Como eles são? Onde você os viu? – perguntou Nestor.

– Estão na entrada da fazenda. Um deles tem uma mão cheia de dentes. É assustador! – tremeu Rabicho. Os animais que estavam escondidos também ficaram apavorados.

22 abril

ENGOLINDO A TERRA

Ao ouvir a história do coelhinho, o cavalo Nestor foi até a entrada da fazenda, e ali encontrou várias máquinas enormes. Rabicho, que estava escondido na bolsa de Nestor, apontou:

– Ve... veja ali! Está engolindo toda a terra da fazenda!

Ao voltar para o celeiro, Nestor avisou:

– Pessoal, fiquem tranquilos, não há gigantes na fazenda, são apenas as novas máquinas do fazendeiro.

Ao ouvir isso, os animais se acalmaram e voltaram às suas atividades, mas Rabicho se escondeu dentro de um balde... só para se prevenir!

23 abril

O NOVO BRINQUEDO

O guaxinim Tusca chegou muito feliz à casa de seu amigo.

– Veja, Dindinho! Olhe o que encontrei lá em casa!

– O que é isso, Tusca?

– Não sei. Será um chapéu? – ele falou colocando o objeto na cabeça.

– Não, deve ser um barco de formigas! Ou uma nave espacial!

– Sabe, acho que pode ser tudo isso. Vamos brincar?

Os dois amigos foram brincar no quintal, e se divertiram a tarde toda, enquanto a mãe de Tusca procurava nos armários a nova panela que comprara.

24 abril

O BRILHO DA ESTRELA

A estrela Maia havia acabado de nascer e já queria brilhar forte no céu.

– Tenha calma, pequenina. As estrelas precisam de um tempo para brilharem forte – explicou a Lua.

– Não há nada que eu possa fazer para ajudar? – perguntou Maia.

– Sim! Você pode passear pelo universo enquanto isso – disse a Lua.

Assim, a pequena Maia foi viajando pelos céus e admirando a beleza de cada lugar pelo qual passava, até que um dia o seu brilho iluminou fortemente uma noite escura e ela ficou muito feliz.

25 abril

A ZEBRA ATRAPALHADA★

A girafa era muito querida por todos na selva, por isso, os animais decidiram fazer uma festa surpresa para comemorar o aniversário dela.

– Eu farei os deliciosos doces – falou a leoa.

– A decoração ficará por minha conta – disse o elefante.

– E eu farei o mais importante: o bolo! – concluiu a zebra.

Os animais ficaram um pouco preocupados, pois eles sabiam que a zebra era um tanto quanto atrapalhada. Mas, como era uma festa e todos queriam participar, a listrada ficou responsável pelo bolo.

A FESTA DA GIRAFA

O dia da festa chegou e os animais começaram a organizar tudo.

– Estou achando que a zebra não fez o bolo. Ela nem deu as caras ainda – disse o elefante.

– Imagina uma festa sem bolo? Não quero nem pensar – falou a leoa.

Quando já estava quase na hora de a girafa chegar, a zebra apareceu com um lindo bolo.

– Pensaram que eu não ia conseguir, não é? O bolo está uma delícia! – falou a zebra, feliz.

A girafa adorou a festa e ficou muito alegre por ver que todos haviam participado, inclusive a atrapalhada zebra.

27 abril

O QUE TEM LÁ FORA?★

Aquele era o primeiro dia que o coelhinho sairia de dentro da toca. A mamãe já estava lá fora, com os outros filhotes, mas o pequeno Poti ficara escondido entre a serragem. Ele estava com medo. O que haveria lá fora? Ele ouvia vários sons estranhos com suas longas orelhas, e seu focinho sentia cheiros diferentes vindos do quintal da fazenda. Poti se perguntava como seria o porquinho que a mamãe havia falado, ou quem era a galinha. De repente, duas patas rosadas apareceram diante da porta da gaiola. Quem seria?

28 abril

DESCOBRINDO O MUNDO

Poti abaixou as orelhas e fechou os olhos quando percebeu que ao lado daquelas duas patas rosadas surgiram outras patas, dessa vez bem fortes e sujas de lama. O pequeno coelhinho estava apavorado quando sua mamãe apareceu.

– Poti? Como você não quis ir até o quintal, o porco e a galinha vieram conhecer você aqui.

Receoso, Poti saiu de seu esconderijo. Não demorou para Poti perceber que o quintal da fazenda era um lugar incrível, cheio de bons companheiros.

29 abril

ESTILISTA DE FUTURO

A filhote de girafa Melila gostava muito de moda. Ela adorava usar as roupas de sua mãe e fazia combinações bem diferentes. A professora de artes de sua escola a convidou para organizar um desfile de moda na Feira Cultural. Melila ficou muito empolgada. Porém, no dia da apresentação as roupas não entravam nos modelos.

"Eu preciso dar um jeito", ela pensou.

Por sorte, a professora tinha um kit de costura. Melila ajustou as roupas e o desfile foi um sucesso.

30 abril

UM AMIGO PELO CAMINHO

A zebra Listrada se perdeu de sua família enquanto atravessava a floresta. Ela andou bastante, mas não conseguiu encontrar nenhum outro animal para pedir ajuda.

Cansada e triste, Listrada acomodou-se debaixo da sombra de uma árvore. De repente, o passarinho Teco apareceu e perguntou por que a zebra estava tão tristonha. Depois que Listrada explicou tudo para ele, Teco disse:

– Eu sei onde estão as outras zebras. Venha!

Conduzida por Teco, Listrada encontrou sua família e ficou muito grata ao pássaro.

01 maio

O GOLFINHO OLI

Oli era um golfinho muito talentoso. Além de nadar e saltar muito bem, era um ótimo cantor. Seu sonho era ser um grande artista e poder se apresentar em todas as praias da costa marítima. Por isso, inscreveu-se no concurso de música da baía e ensaiava com sua banda todos os dias. Porém, outros amigos queriam convencer Oli a participar do campeonato de saltos, pois acreditavam que ele sairia premiado.

Apesar da insistência de seus amigos, ele continuou os ensaios da banda. Muitas vezes, a animação era tanta que passavam a noite cantando e tocando.

No dia do concurso, Oli e sua banda subiram ao palco e cantaram uma música que Oli havia composto. Essa música falava sobre como os amigos devem apoiar e incentivar os outros amigos. Todos se surpreenderam e se emocionaram. Acabaram mudando de ideia sobre Oli.

Por fim, ele venceu o concurso e ficou famoso por toda a baía.

02 maio

O SEGREDO DO TATU★

A arara Lili vivia em uma toca junto com o tatu Casper. Antes de nascer, o ovo dela tinha caído do ninho, então, ela nasceu ali, dentro de um buraco na terra. Lili e Casper eram grandes amigos e faziam tudo juntos, mas o tatuzinho tinha um segredo: ele nunca contou à sua amiga que ela era capaz de voar. Assim, Lili ia de um lado para o outro da floresta, correndo sobre as folhas caídas no chão. Até que um dia, ela chegou a uma grande clareira, e viu grandes águias voando lá no céu e ficou encantada.

03 maio

VOANDO PARA LONGE

A arara Lili voltou para casa maravilhada e contou ao seu amigo tatu sobre as incríveis criaturas que eram capazes de voar. Casper então explicou para Lili que ela também poderia fazer aquilo, bastava bater as asas.

– Eu nunca contei isso porque achei que você iria embora e me deixaria sozinho – Casper falou envergonhado.

– Casper, eu nunca deixarei você para trás. Afinal, somos uma família!

Lili aprendeu a voar e se tornou uma grande exploradora. E Casper era o seu companheiro em todas as aventuras.

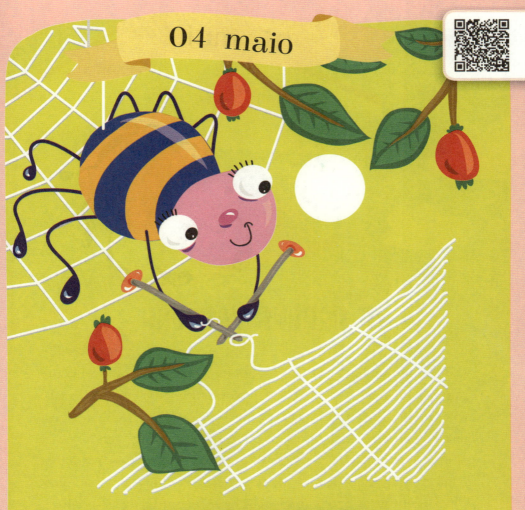

UM SONHO RADICAL*

    Masíca tinha um sonho: voar. Para conseguir realizá-lo, ela vinha trabalhando em um projeto secretíssimo. Depois de terminar os lenços e xales encomendados pelos insetos do jardim, ela tecia uma asa-delta. Um dia, finalmente o que lhe serviria de asas ficou pronto. Masíca foi testá-la à noite, decolando de um galho de árvore, mas não teve impulso suficiente e foi direto ao chão. Masíca tinha de melhorar o projeto.

05 maio

A ARANHA VOADORA

Na noite seguinte, Masíca foi até uma pedra alta em forma de rampa com sua asa-delta. Correu pela rampa para ganhar impulso e conseguiu voar por alguns metros pelo jardim. De manhã, os insetos não acreditavam no que seus olhos estavam vendo: uma aranha voadora! Masíca estava voando com os pássaros. A aranha realizou seu sonho, e ainda ganhou mais trabalho. Além dos xales e lenços que tecia, agora também tinha encomendas de asas-deltas!

06 maio

UM RATO DIFERENTE

No porão de um castelo abandonado vivia o rato Zezo.

Diferente dos outros ratos, Zezo não gostava de queijo, mas adorava cenoura. Seus amigos perguntavam se ele era mesmo um rato ou um coelho, mas Zezo nem se importava.

Certo dia, o ratinho fez um delicioso bolo de cenoura e o cheiro chamou a atenção de seus amigos, que apareceram rapidamente.

Depois de provarem um pedaço do bolo de Zezo, todos os ratos passaram a adorar cenoura e fizeram até uma plantação delas no jardim do castelo.

07 maio

O CONCURSO DE BELEZA

Um concurso de beleza ia acontecer na fazenda e todos os animais estavam concorrendo. O pavão estava tão confiante que seria o vencedor, que votou no bode, pois o achava feio e pensou que ninguém votaria nele.

Mas grande foi a surpresa quando o cavalo anunciou que o vencedor era: o bode! Isso porque todos os animais votaram em si mesmos, mas o bode recebeu dois votos, o dele e o do pavão! Naquela noite, os animais fizeram uma festa, e o pavão aprendeu que ele pode ser bonito, mas os outros animais também são!

08 maio

VISITA AO BARBEIRO★

Bonino estava escondido atrás de um arbusto. Ele não queria que sua mãe o achasse, pois ela queria levá-lo ao barbeiro. Porém, a mamãe porco-espinho era esperta e o encontrou:

– Vamos, o barbeiro vai fazer um corte bem bonito.

– Não! Eu não preciso cortar o cabelo! – Não adiantou reclamar, a mãe o levou até o senhor Galelo, que tinha muita experiência em cortar cabelos de filhotes. Bonino gostou da barbearia. Ela tinha cadeiras em forma de foguetes. Cortar o cabelo podia ser divertido.

09 maio

CORTE MODERNO

O barbeiro mostrou a Bonino um álbum com fotos de cortes que já havia feito:

– São irados! Eu quero este!

– Tem certeza, meu filho? É um corte bem diferente – disse a mãe de Bonino.

– Por isso mesmo que eu gostei, mãe. Pode caprichar, senhor Galelo.

O barbeiro fez sua mágica e Bonino ficou muito satisfeito com seu corte moicano. Bonino não se escondeu mais para não ir ao barbeiro. Ao contrário, ele pedia para a mãe levá-lo e todos admiravam seus penteados.

MEDO DO DENTISTA

 O leão Aldo acordou com uma tremenda dor de dente. Era "ai" pra cá, "ui" pra lá. Ele passou o dia todo gemendo.

 – Por que você não vai ao consultório do doutor lebre? Ele é um excelente dentista – disse o hipopótamo.

 – Você só pode estar ficando louco! Eu aguento a dor, mas não vou ao dentista. Tenho pavor de sentar naquela cadeira e meus pelos até arrepiam só de pensar no barulho daquele aparelhinho – resmungou Aldo.

 O leão tinha muito medo mesmo de ir ao dentista e parece que seu dente doía cada vez mais.

11 maio

VENCENDO O DESAFIO

No dia seguinte, o dente de Aldo continuava doendo e ele não aguentava mais. Então, o leão seguiu o conselho do hipopótamo e foi ao consultório do doutor lebre.

– Doutor, eu vim, mas estou aqui obrigado. Eu detesto ir ao dentista – disse Aldo.

– Não há motivo para ter medo, amigo. Vamos curar essa sua dor – acalmou o doutor.

Poucos minutos depois, Aldo saiu do consultório sem a dor e sem o dente. O doutor arrancou o danado com cuidado, o leão nem sentiu e, a partir desse dia, o medo dele também sumiu.

12 maio

O GALO SEM VOZ

Certa manhã, o galo Grineli acordou cedo e foi para o alto da cerca para acordar os outros animais, mas quando abriu o bico, não saiu som algum! Ele estava sem voz! Como faria para acordar a todos? Naquele dia, o fazendeiro perdeu a hora e ficou muito bravo.

Para ajudar o galo, os animais fizeram um acordo: no dia seguinte, eles acordariam o fazendeiro. E assim foi: quando o galo acordou, cutucou o porco, que grunhiu para o cavalo, que relinchou para o cachorro, que latiu até o fazendeiro acordar bem a tempo. O plano funcionou!

13 maio

GULOSO E CURIOSO

Era o aniversário da joaninha Bromélia, e a mãe dela preparava doces deliciosos. Sabendo disso, enquanto todos se divertiam dançando na sala, o grilo Bogarim andava em volta de um caldeirão de chocolate que estava na cozinha, até que acabou caindo dentro dele. Ao ver o amigo todo sujo de chocolate, Bromélia só conseguiu ter uma reação: fazer uma pintura de chocolate em seu rosto. Todos os convidados adoraram a ideia. Aquela foi a festa mais divertida de todas.

14 maio

OS MORANGOS DE ZUME ⭐

Era uma vez um macaco chamado Zume. Ele não gostava de comer banana, mas adorava morangos. Zume fazia várias receitas diferentes com a fruta: torta de morango, bolo de morango, salada de frutas com muitos morangos, enfim, morango era o que Zume mais gostava de comer, e o macaco tinha até uma plantação da fruta em sua casa.

Certo dia, quando Zume acordou e foi até a plantação colher morangos para comer com panquecas no café da manhã, ele percebeu que alguém havia passado por lá e roubado suas frutas.

15 maio

PEGANDO O LADRÃO

Zume queria descobrir quem estava pegando os morangos e, na noite seguinte, ficou escondido esperando o ladrão. O macaco viu quando o castor entrou na plantação e colheu os morangos.

– Por que está roubando minhas frutas? – perguntou Zume.

– Me desculpe! Eu só queria fazer uma torta de morangos tão gostosa quanto a sua – confessou o castor.

Zume explicou ao castor que ele não precisava roubar, bastava pedir que ele daria os morangos. O castor aprendeu a lição e os dois se tornaram grandes amigos.

16 maio

LUKI E O PIÃO★

Luki chegou à escola segurando uma caixinha. Todos os seus amigos logo quiseram saber o que era aquilo, mas ele não mostrou. Na hora do recreio, Luki tirou seu pião novo de dentro da caixinha e o fez girar entre seus amigos.

– Que legal! Posso girar? – diziam todos ao mesmo tempo. Mas Luki não deixou ninguém pegar. Apenas ele fazia o pião girar e girar. Assim, não demorou muito para que todos, aos poucos, fossem saindo para brincar de outra coisa. Quando se deu conta, Luki estava sozinho com seu pião.

17 maio

GIRA PIÃO

Quando a aula acabou, Luki pegou novamente seu pião colorido de dentro da caixinha e o girou, mas ninguém deu atenção.

– Ei, Pongo! Você quer tentar? Eu te empresto! – Luki falou para o ursinho que estava ao seu lado.

Pongo achou aquilo um pouco estranho, mas aceitou. Luki ofereceu o pião para os outros ursinhos brincarem também e ainda ajudou aqueles que não conseguiam fazer o brinquedo girar.

Ao redor do pião, Luki sorriu alegre por perceber que é mais divertido ter vários amigos do que um brinquedo novo.

18 maio

DUELO VELOZ

A lesma Laluna e o caramujo Junquilho discutiam no jardim:

– Eu sou mais rápida e mais leve do que você.

– Só tem um jeito de saber, Laluna, apostando uma corrida.

Os dois saíram do canteiro de margaridas até o cogumelo vermelho. No dia seguinte, em primeiro lugar, chegou Junquilho. Quando Laluna chegou, teve de chamá-lo de dentro do casco, pois ele já dormia. Junquilho apareceu dizendo:

– Laluna, não fique triste, eu posso ser mais rápido, mas você ainda é minha melhor amiga.

TOBI NO GELO

O urso Tobi adorava brincar no gelo, mas ele queria muito conhecer lugares mais quentes, como lindas praias. O grande sonho dele era aprender a surfar.

Um dia, Tobi sonhou que pegava uma onda enorme com sua prancha toda colorida e conseguia passar por dentro da onda, naquele tubo de água gigante, e saía lá na frente, quase na praia já, com todos lhe aplaudindo.

Enquanto ele não conhecia essas praias incríveis para surfar, ele ia se divertindo esquiando nas montanhas cobertas de gelo, o que também é muito divertido.

20 maio

A VIAGEM DE DRINHO★

Drinho e sua família eram gaivotas que sempre viajavam por florestas desconhecidas com outros bandos. Quando já estava crescido, Drinho decidiu fazer uma viagem sozinho. Ele queria conhecer lugares diferentes!

– Eu prometo que ficarei bem – disse Drinho, acalmando sua mãe, que estava muito apreensiva –, eu só quero explorar novos destinos.

– Tudo bem, Drinho. Nós confiamos em você. Já que você vai conhecer outros lugares, traga-nos algo bem legal! – sorriu o pai dele, enquanto se despediam.

21 maio

VOLTANDO PARA CASA

Em um de seus voos por uma grande cidade, Drinho conheceu uma águia bem velhinha, chamada Nila. Era conhecida como uma feiticeira poderosa e malvada, mas Drinho descobriu que ela era muito bondosa.

Nas noites de lua cheia, Nila passava nas casas presenteando as crianças comportadas com doces especiais.

Foi aí que Drinho descobriu um ótimo presente para seus pais: levaria doces coloridos e mágicos, em formato de coração, para sempre lembrar que a amizade e o respeito devem estar em primeiro lugar.

22 maio

TUDO POR UMA COMPETIÇÃO*

Lufus e Licia brincavam de escorregar no lago. A mamãe estava deitada de barriga para cima na água quando Lufus disse:

– Vamos ver quem chega primeiro na barriga da mamãe?

Quando os filhotes se aproximaram achando que a mamãe estava dormindo, ela se virou e surpreendeu os dois:

– Peguei vocês. Vamos comer, está na hora do almoço.

Lufus e Licia passaram correndo pela mamãe em direção à toca. Acabaram tropeçando e caindo sobre a torta de peixe que estava na mesa.

23 maio

TRABALHO EM EQUIPE

A mamãe lontra chegou logo depois e disse:

– Vocês não devem querer competir por tudo, crianças. Agora, terei de preparar outro jantar. Que tal vocês limparem a sujeira enquanto isso?

Licia pegou a vassoura e Lufus, a pá de lixo. Em instantes o chão estava limpo:

– Muito bem! Esse foi um excelente trabalho em equipe. A torta está pronta. Venham comer.

– Vamos ver quem termina primeiro? – disse Lufus.

– Chega de competição por hoje, irmão.

Depois do jantar, os dois cochilaram sobre a barriga da mamãe.

24 maio

A ÁGUIA DALA

Dala era uma águia de asas enormes que voava alto pelo céu. Ela gostava de mostrar seu poder e a habilidade de suas grandes asas.

Certo dia, Dala voou tão alto e não imaginou que daria de cara com uma árvore, e ela acabou ficando presa no último galho. Mas logo o esquilo Patuco apareceu e, com muita agilidade, soltou Dala. Então, a águia agradeceu o esquilo e disse:

— Tamanho não é mesmo documento, pois fui salva por um amigo pequenino.

Daquele dia em diante, a águia tomou mais cuidado em seus voos.

25 maio

O CORAJOSO CAVALEIRO

Montado no forte cavalo Pangaré, o ratinho Nilo chegou ao alto da colina. Depois de derrotar todo o exército inimigo, ele levantou a bandeira branca, declarando paz entre os dois reinos. Ao voltar para o vilarejo onde vivia, foi recebido com uma grande festa por seus amigos.

Nilo estava prestes a ganhar um beijo de Mirabela, a ratinha mais bonita da região, quando acordou. Aquele fora apenas mais um sonho em que ele era um corajoso cavaleiro... Mas quem sabe um dia ele ainda ganhe uma beijoca de Mirabela!

26 maio

ADMIRADOR SECRETO★

A mamãe tucano foi preparar o café da manhã e encontrou um bilhete espetado no bico da chaleira. No bilhete estava escrito: "Você é especial. Assinado: Admirador secreto". A mamãe sorriu e foi até a lavanderia. Lá, ela encontrou outro bilhete, com a mesma assinatura, que dizia: "Fico feliz quando você sorri". Então, ela foi até a sala e achou mais um: "Você é a mãe mais linda do mundo!".

27 maio

INTUIÇÃO DE MÃE

– Quem pode ser? – falou alto a mamãe tucano, percebendo que seu filho Tuquito a observava escondido. Ao voltar para a cozinha, ela encontrou o último bilhete em cima da mesa junto a uma margarida: "Eu amo você!". Ao virar-se, abraçou Tuquito e disse:

– Eu também amo você, meu admirador secreto!

– Ah, mamãe! Como você descobriu?

– É intuição de mãe, filho.

28 maio

UMA COBRA DIVERTIDA

Lepe era uma cobra muito animada que fazia todos gargalhar com suas histórias engraçadas. Os filhotes dos outros animais adoravam se reunir em frente à casa de Lepe para ouvir suas histórias.

– Lepe, conta aquela vez que você ficou presa no cipó e o macaco quase se pendurou em você para balançar – pediu a abelha.

– Não! Conta como você conseguiu desenrolar depois de ter dado um nó no próprio corpo – falou o grilo.

Assim, Lepe passava as tardes arrancando gargalhadas dos filhotes e todos se divertiam muito.

29 maio

A BRINCADEIRA DE LEPE

Certo dia, os filhotes se reuniram em frente à casa de Lepe, mas ela não apareceu. Então, eles entraram na casa e encontraram um bilhete da cobra dizendo que havia se mudado para a floresta encantada. Os filhotes ficaram tristes, mas quando saíram da casa tiveram uma grande surpresa.

– Peguei vocês, pequenos! Eu jamais iria embora. Para mim, a floresta encantada é aqui com a divertida companhia de vocês – disse Lepe.

Os pequenos adoraram a brincadeira da cobra e ficaram felizes por ela não ter ido embora.

30 maio

OS DESENHOS DE PAGALU

A joaninha Pagalu adorava criar coisas diferentes e tudo o que ela imaginava, desenhava em várias folhas de papel. Certo dia, a formiga Orfália viu os desenhos de Pagalu que estavam escondidos debaixo da cama. Ela gostou tanto que sugeriu fazerem uma exposição.

No dia marcado, todos os animais do jardim foram conhecer os desenhos. Pagalu falou um pouco sobre cada um e os visitantes adoraram. No fim do dia, ela presenteou sua amiga com um desenho feito especialmente para ela: uma fada formiga!

31 maio

ANDORINHA VAIDOSA

A andorinha Camélia era muito vaidosa. Certo dia, ela foi brincar no parque com seu vestido novo. Sua mãe avisou que ela se sujaria, mas a filha não deu atenção ao conselho da mãe. Camélia não brincou, ficou desfilando de um lado para o outro, tentando chamar a atenção das outras andorinhas. Ninguém notou a presença de Camélia, até que ela tropeçou e saiu rolando na terra, sujando todo o seu vestido. Camélia voltou para casa envergonhada e aprendeu a ouvir os conselhos de sua mãe.

01 junho

ESTRELAS ESPECIAIS

As ovelhas Dora e Félia adoravam ficar deitadas na grama durante a noite olhando as estrelas.

– Eu queria tanto pegar uma estrela nas minhas mãos... – disse Dora.

– Isso não deve ser possível, amiga. As estrelas são pequeninas vistas daqui, mas de perto devem ser maiores do que a fazenda – falou Félia.

Na mesma hora, uma estrela cadente cruzou o céu e, no lugar em que seu brilho terminou, fez-se um clarão visto de longe. As duas ovelhas saíram correndo para ver o que havia acontecido.

02 junho

O BRILHO DA FESTA

Dora e Félia cruzaram todo o campo em direção à fazenda, na esperança de que a estrela pudesse ter caído lá.

– Não acredito que finalmente eu poderei tocar em uma estrela! – exclamou Dora.

– Eu não seria tão sonhadora – respondeu Félia.

Quando as ovelhas chegaram na fazenda, o clarão nada mais era do que a fogueira da festa que os animais estavam fazendo.

– Perdemos a estrela, mas ganhamos uma festança! Vamos aproveitar – falou Dora.

E as amigas se divertiram muito dançando sob a luz das estrelas.

03 junho

O RATO E O TEMPO★

Biro era um rato que queria controlar o tempo. Ele achava que se pudesse fazer isso, conseguiria comer todo o queijo do mundo em um só dia.

– Você não acha que faria mal se você comesse tanto queijo? – perguntou a formiga.

– Não estou pensando nisso, só quero parar o tempo para tentar – respondeu Biro.

O rato desmontava e montava um grande relógio de parede todos os dias para ver se conseguia parar o tempo, mas era em vão. Assim que ele colocava as peças no lugar, o relógio voltava a funcionar.

157

04 junho

UMA DURA LIÇÃO

Certo dia, Biro foi desmontar o relógio e teve uma surpresa quando viu que ele havia parado.

– Consegui! – ele gritou.

Biro saiu pela vizinhança comendo todo o queijo que encontrou pela frente. Quando já não aguentava mais, ele voltou para casa. Para sua tristeza, a formiga disse a ele que o tempo não havia parado, foi a bateria do relógio que tinha acabado. A única coisa que Biro conseguiu com seu grande plano de parar o tempo foi ter uma terrível dor de barriga por tempo indeterminado.

05 junho

BOLINHA VALIOSA

A pequena ostra Maia resolveu conhecer lugares novos no fundo do mar. Porém, uma correnteza acabou fazendo com que Maia se perdesse. O pequeno caranguejo Tintino a encontrou chorando:

– O que houve, pequenina?

– Não sei como fazer para voltar ao Vale das Ostras.

– Eu sei onde fica. Suba em minhas costas e eu levo você.

A mãe de Maia ficou muito agradecida a Tintino e lhe presenteou com uma pérola. Ele ganhou uma nova amiga e uma bela e preciosa pérola para brincar.

06 junho

A CORRIDA DE DINDO

Ninguém acreditou quando o caramujo Dindo se inscreveu para a corrida anual dos animais da floresta.

– Como um bichinho tão lerdo quer correr? – questionou a zebra Ziza.

– Ele não vai nem sair do lugar – falou a raposa Meri.

No dia da corrida, os corredores se colocaram a postos e assim que a largada foi dada, o caramujo Dindo surpreendeu a todos saindo na frente e liderando a prova. Dindo chegou em primeiro lugar e mostrou que nem tudo é o que parece e que não se deve julgar os outros pela aparência.

07 junho

MISTÉRIO NO CÉU★

    Todos os dias, o cachorro Lupi saía para dar uma volta antes de dormir. Ele andava pela vizinhança e conversava com os outros cachorros para saber das novidades. Porém, naquela noite, enquanto Lupi caminhava pela calçada, ele viu uma luz muito forte brilhar no céu.

    Lupi grudou os olhos na luz e ficou um tanto quanto curioso. Ele já tinha visto helicópteros e aviões, e sabia que aquela luz era bem diferente de tudo que ele conhecia. Aos poucos, a luz foi ficando fraca e sumiu, e Lupi foi dormir curioso.

08 junho

UMA INCRÍVEL DESCOBERTA

No dia seguinte, Lupi foi contar aos outros cachorros o que havia presenciado na noite anterior. Cada um dava um palpite diferente.

– Eu acho que é uma nave alienígena – disse um deles.

– Que nada! Deve ser um cometa que resolveu parar para descansar – falou outro.

No final das contas, um cachorro muito sábio desvendou o mistério:

– Lupi, a luz que você viu é uma estrela muito especial que aparece de tempos em tempos no céu.

Lupi ficou feliz e, depois disso, passou a observar o céu todos os dias.

09 junho

UMA PROFESSORA INCRÍVEL★

Bonano estava apreensivo. A professora Solalia havia ficado doente e eles teriam uma professora substituta. De repente, apareceu uma girafa de patins, vestida de cientista maluca.

– Olá, crianças. Eu me chamo Papoula e vou ficar com vocês até a professora Solalia voltar.

A professora Papoula era incrível: ela sempre tirava uma surpresa de um dos bolsos do jaleco e fez um foguete de papelão para a hora da leitura. Os alunos adoravam as aulas, mas sentiam saudade da professora Solalia e fizeram lindos cartões para ela.

163

10 junho

HORA DE DIZER ADEUS

Depois de algumas semanas com a turma, a professora Solalia estava de volta.

– Professora Papoula, será que você podia nos dar aula junto com professora Solalia? – perguntou Bonano.

– Eu preciso ajudar outras professoras, mas sempre nos veremos aqui na escola – sorriu Papoula.

Bonano e os colegas fizeram lindos cartões de despedida para a professora Papoula.

Eles não tiveram mais aulas com ela, mas sempre que podiam a chamavam para brincar e contar histórias na hora do recreio!

11 junho

A TOCA DO TATU

O tatu Salico não gostava de sair de sua toca, ele pensava que algo de ruim pudesse lhe acontecer se deixasse seu lar.

Um dia, a marmota Tinina disse a Salico que todas as tocas seriam inundadas, pois o dique do rio havia se rompido e o tatu teria de deixar sua casa. Então, Salico acabou saindo da toca e deu de cara com os animais da floresta que haviam feito uma linda festa surpresa para ele.

Salico percebeu que não existia perigo fora da toca e, depois daquele dia, ele saía sempre para visitar os novos amigos.

12 junho

MUITO AMOR

O patinho Tiloli se aproximou de sua mamãe resmungando.

– O que foi, querido? – ela perguntou.

– O Luli não larga do meu pé, está sempre me imitando.

– Fique calmo. Ele só faz isso porque gosta muito de você, e quer ser igual a você! – a mamãe explicou.

– Verdade? Ele gosta muito de mim? – Tiloli perguntou desconfiado.

– Sim.

Então, Tiloli sorriu para seu irmão mais novo, deu-lhe um forte abraço e saiu bamboleando em direção à lagoa, seguido pelo pequeno Luli.

13 junho

TUBARÃO VALENTÃO★

Irca e Calú conversavam no recreio quando Totino chegou:
– Esse espaço é meu! Vocês precisam ir embora.
– Seu espaço? Aqui é um lugar público, Totino – disse Irca.
– Não adianta insistirem, podem ir embora.
– É melhor não discutir, Irca. Vamos para o outro lado – disse Calú.
Ela não se conformava com a exigência de Totino:
– Alguém tinha que dar uma lição nesse mandão.
– Coitado, Irca. No fundo ele faz isso porque é solitário.
– Será, Calú?

INCOMPREENDIDO

Irca achou que Calú podia ter razão. Totino ficava sempre sozinho naquele canto. No dia seguinte, quando Totino chegou em seu espaço, encontrou um bilhete com um bolinho. Era de Irca e dizia: "Um doce para adoçar sua vida". Totino ficou vermelho de vergonha, comeu o bolinho, mas não se aproximou de Irca e Calú. No dia seguinte, Totino foi na direção deles e falou:

— Bem, acho que meu espaço tem lugar para vocês.

A partir daquele dia, os três se tornaram amigos e Totino deixou de ser valentão.

15 junho

DE BOCA FECHADA★

O gafanhoto Bimbo estava um pouco acima do peso.

– Você precisará fazer um regime, Bimbo, senão não poderá pular igual aos outros gafanhotos – disse a doutora libélula.

– Eu sei disso. O problema é que eu não gosto de comer folhas igual aos outros gafanhotos. Eu prefiro comer as guloseimas que encontro pelo jardim: bolacha, salgadinho e, às vezes, tomar um pouco de refrigerante – confessou Bimbo.

O campeonato de saltos estava chegando e Bimbo queria muito participar, mas seria difícil saltar com aquele peso todo.

16 junho

O GRANDE CAMPEONATO

Bimbo começou a se alimentar de forma mais saudável e também a praticar algumas atividades físicas. Ele aprendeu, inclusive, a fazer receitas saudáveis e tão saborosas quanto as guloseimas do jardim.

No dia do campeonato, Bimbo havia conseguido perder bastante peso e ficou em segundo lugar na competição.

– Parabéns, Bimbo! Fico feliz com a sua dedicação – disse a doutora libélula.

– Obrigado! Eu aprendi que é possível se alimentar de forma saudável e, ao mesmo tempo, comer comidas saborosas – concluiu Bimbo.

17 junho

UMA JOGADORA DESASTRADA

    A elefanta Corina sonhava em se tornar jogadora de futebol. Vivia chutando sua bola onde quer que fosse e, com isso, vivia se metendo em confusão. Certa vez, quebrou a vitrine da doceria. Ela também acertou a bola no vaso preferido da vovó e manchou seu vestido novo de aniversário.

    — Eu preciso treinar! — era o que ela sempre dizia. Até que o papai teve uma ideia: ele matriculou a pequenina em aulas de futebol. Assim, além de aperfeiçoar suas jogadas, Corina poderia jogar bola em segurança, sem atrapalhar ninguém!

18 junho

MAPA DO TESOURO

Dedeco recolheu nozes e sementes para o seu lanche e as enterrou embaixo de um carvalho para comê-las mais tarde. Para não se esquecer onde estavam, ele fez um mapa, enrolou-o e o colocou dentro de um baú na árvore em que morava. Quando foi pegá-lo para buscar o lanche enterrado, não o encontrou. Sua mãe o havia jogado fora por engano. Rapidamente, ela desenhou um novo mapa e os dois saíram para encontrar nozes em um lugar que ela conhecia. Dedeco se divertiu muito procurando o tesouro com a mamãe.

19 junho

UM BEIJA-FLOR MEDROSO★

O beija-flor Anil era muito medroso e, apesar de poder voar para todos os cantos com suas asas velozes, ele não ia longe porque tinha medo de se perder ou de que algo lhe acontecesse. O medo de Anil fez com que ele cultivasse uma linda roseira para não precisar voar para outros lugares em busca do néctar das flores.

– Anil, você precisa perder esse medo. Há tantos lugares bonitos para conhecer no mundo – disse o canarinho.

– Eu tenho tudo que preciso aqui e nunca vou precisar sair de casa – falou Anil.

20 junho

O VOO DE ANIL

Um dia, uma forte seca castigou a floresta e a roseira de Anil acabou morrendo. Ao ver todos os pássaros voando em busca de um novo lar, o beija-flor não teve escolha, ele enfrentou o medo e voou para bem longe. Anil fez uma incrível viagem e conheceu lugares belíssimos, viu campos com as mais variadas flores e provou o néctar de todas elas.

"O canarinho tinha razão. É ótimo voar e conhecer os lugares incríveis que existem no mundo. Não quero mais parar de viajar", pensou Anil, muito feliz.

21 junho

O PEQUENO TANDER★

    Os dias do pequeno cavalo Tander eram sempre iguais. Ele visitava as fazendas vizinhas, passeava um pouco pelos campos verdes e, no final do dia, voltava para o estábulo. Acontece que Tander estava ficando entediado daquela rotina e o cavalinho decidiu fazer algo diferente.

    – Vou escrever um livro! – disse ele.

    – Que ideia genial, Tander. Você poderia escrever um livro sobre os animais que vivem aqui na fazenda – sugeriu a ovelha.

    O cavalo adorou a ideia da amiga e começou a sua grande façanha.

22 junho

UM LIVRO ESPECIAL

No dia seguinte, Tander conversou com os animais para conhecê-los melhor e escrever sobre cada um em seu livro. O cavalinho fez descobertas muito interessantes sobre os bichos. Ele descobriu que o porco gostava de cantar, que a galinha era uma verdadeira bailarina e que a vaca era sonâmbula.

Quando o livro de Tander ficou pronto, ele reuniu os animais das fazendas vizinhas para uma tarde de autógrafos e foi um verdadeiro sucesso. Os bichos adoraram ler as histórias incríveis do cavalinho.

23 junho

DIVERSÃO NA COZINHA

O lobinho Antúrio gostava de comer apenas guloseimas. Um dia, quando ele chegou em casa, sua mãe o chamou na cozinha e lhe entregou um avental e um chapéu engraçado:

– Hoje vamos preparar nossa refeição juntos!

Antúrio achou muito divertido ser assistente da mãe e a comida até pareceu ter um sabor diferente só porque ele havia ajudado a fazê-la. A partir daquele dia, Antúrio passou a comer outros alimentos e sua mãe ganhou um ajudante para todas as refeições.

24 junho

NO FINAL DO ARCO-ÍRIS

Era uma vez um porco chamado Dedé. Ele tinha um sonho muito diferente: queria tocar o arco-íris.

– Isso é impossível, Dedé, você precisaria ir até o céu. Desista! – falou a galinha Gisa.

– Nada é impossível quando a gente acredita – disse o porco.

Certo dia, após uma tarde de sol, a chuva caiu na fazenda e um arco-íris começou a se formar no céu. De repente, a ponta do arco-íris terminou exatamente dentro do chiqueiro de Dedé e ele comemorou com alegria a realização de seu sonho.

25 junho

UMA VENTANIA MISTERIOSA*

Tudo corria na mais perfeita harmonia no jardim das margaridas. A abelha colhia o mel das flores, a joaninha varria a frente de sua casa e a formiga carregava suas folhas. De repente, uma forte ventania tomou conta do jardim.

– Salve-se quem puder! – gritou a abelha.

– É um terremoto – disse a formiga.

Com a mesma rapidez que a ventania chegou, ela foi embora sem deixar rastros. Os moradores do jardim das margaridas ficaram assustados, mas não conseguiram descobrir o que havia provocado aquele susto.

26 junho

CHEGADA TRIUNFAL

No dia seguinte, a ventania tomou conta do jardim novamente, mas desta vez ela não foi embora e os moradores descobriram o que estava causando aquele forte vento.

— Será que você pode bater as suas asas com mais delicadeza, dona borboleta? – pediu a joaninha.

— Ops! Perdoem-me. Eu só queria que vocês percebessem a minha chegada, por isso fiz essa entrada triunfal – explicou a borboleta.

Depois das apresentações feitas, a borboleta bateu suas asas com leveza e não assustou mais seus novos amigos.

27 junho

SEMPRE-VIVA★

Estrelícia descansava em uma pedra quando avistou Sempre-viva:

– Como você é bonita! Transparente e colorida ao mesmo tempo. Eu sou Estrelícia e você?

– Obrigada, Estrelícia. Eu me chamo Sempre-viva. Sou bonita, mas solitária. Todo mundo tem medo de mim.

– Por que eles têm medo de alguém tão doce?

– Porque quem tocar em mim acaba se queimando. Não posso abraçar ninguém.

– Isso é muito triste, Sempre-viva. Mas acho que tenho a solução para você receber um abraço.

28 junho

ABRAÇO DIFERENTE

Sempre-viva disse emocionada:

– Estrelícia, isso é o que eu mais quero!

A estrela-do-mar, então, começou a se mover em torno da água-viva. Primeiro lentamente, depois mais rápido, mais rápido e cada vez mais rápido. Sempre-viva foi se sentindo envolvida por Estrelícia, como em um abraço. Quando Estrelícia parou, Sempre-viva agradeceu muito a gentileza:

– Eu posso voltar e pedir mais abraços?

– Quando quiser, Sempre-viva.

As duas tornaram-se grandes amigas e Sempre-viva ficou feliz de poder abraçá-la.

29 junho

UM BOLO ESPECIAL

Todos os dias, o fazendeiro tirava leite da vaca Malhada e recolhia os ovos da galinha Fafá.

– Fafá, você sabe para onde vai meu leite? – perguntou Malhada.

– Não faço ideia. Também não sei o que eles fazem com meus ovos – respondeu a galinha.

Certo dia, Malhada e Fafá se aproximaram da janela da cozinha e viram a mulher do fazendeiro usando o leite e os ovos para fazer bolo.

– Então é isso. Eles fazem bolo – disse Fafá.

– Agora já sabemos. Talvez o fazendeiro faça um bolo para nós no nosso aniversário – disse Malhada.

30 junho

É HORA DE DORMIR!

À noite na fazenda, todos os animais se prepararam para adormecer.

– Mas eu não estou com sono! – grasnou o pequeno ganso Tota.

A mamãe cantou uma cantiga. O papai contou uma história. Mas Tota não queria dormir. Então, os outros animais do celeiro vieram ajudar: o cavalo o levou para passear no pasto, a pata preparou-lhe um mingau, a porquinha o ajudou a contar carneirinhos, mas Tota estava bem acordado.

01 julho

O PORQUINHO TUTI

Tuti, o porco, vivia em uma fazenda junto com seus pais e irmãos. A tarefa deles era cuidar da colheita, arando, plantando e apanhando os cultivos. Porém, Tuti gostava muito de cozinhar. Ele preparava pratos deliciosos com as coisas da colheita e todos em sua casa apreciavam muito. Um dia, Tuti disse à sua mãe:

– Mãe, queria muito cozinhar, mas acho que o senhor cavalo que cuida da cozinha não vai deixar. Geralmente as tarefas são separadas para cada animal e nós, porcos, não podemos nos intrometer lá.

– Tente falar com ele. Você já nos provou que cozinha muito bem – argumentou a mãe de Tuti.

Tuti foi atrás do senhor cavalo e depois de muita conversa conseguiu uma chance de preparar um jantar. O pequenino preparou muitos quitutes e pratos diferentes, e os animais da fazenda comeram tudo. Deste modo, Tuti tornou-se o cozinheiro chefe e provou sua capacidade.

02 julho

A PANDA MIKI

    A panda Miki vivia em uma floresta e era muito reservada, não gostava de festas. Certo dia, Bur, um macaco, convidou-a para uma festa. Miki, mesmo contrariada, acabou aceitando.

    No dia da festa, Miki chegou adiantada. Como não havia ninguém, ficou irritada achando que havia sido abandonada. Minutos depois, todos começaram a chegar e, ao contrário do que Miki pensava, eles foram muito simpáticos. Ofereceram doces e convidaram-na para ir em suas casas. Depois desse dia, Miki ficou amiga de todos na floresta.

03 julho

UMA PIPA NO CÉU

Adelfo acordou naquele sábado de sol e foi correndo até a sala para jogar videogame, mas no caminho encontrou uma pipa muito colorida. Adelfo também achou um bilhete que dizia: "Pegue a pipa e me encontre no quintal. Com amor, Papai." Foi o que Adelfo fez. Seu pai o ajudou a soltar a pipa e ela voou alto no céu. Os passarinhos se aproximavam para admirá-la também. O pequeno cão achou muito divertido aquele momento junto com o pai e eles passaram a empinar pipa sempre.

04 julho

DIA DE BRINCADEIRA

Na floresta encantada os animais se reuniam para brincar uma vez por semana.

– Vamos jogar bola – disse o tatu.

– Não! Vamos brincar de esconde-esconde – falou a tartaruga.

– Mas eu quero brincar de desenhar – respondeu a formiga.

Ninguém chegava em um acordo, pois cada um queria fazer uma coisa diferente, até que a coruja teve uma ótima ideia.

– O dia é longo e dá tempo de brincar de tudo. Vamos fazer uma coisa de cada vez.

Assim, os animais da floresta se divertiram muito em mais um dia de brincadeiras.

05 julho

A MANSÃO ABANDONADA

Certo dia, a corajosa esquila Gabilu e seu amigo Jundico encontraram uma mansão abandonada.

– Vamos entrar?! – ela falou já abrindo a porta e entrando na casa. Quando se deu conta, estava sozinha. Onde estava Jundico?

Ela o chamou várias vezes, até que, de repente, o liquidificador começou a funcionar sozinho! Gabilu começou a gritar assustada, até que viu seu amigo escondido perto da tomada.

– Foi só uma brincadeira, Gabilu! Para a nossa aventura ficar mais emocionante! – Ele riu.

A pequenina acabou concordando que ele tinha razão.

06 julho

NOVIDADE★

Cora era filha única. Um dia, a mamãe coruja botou um ovo:

– Você terá um irmãozinho... ou irmãzinha.

Cora se pôs a pensar. Não gostou da ideia de ter um irmão. Isso significava dividir tudo, até seus pais. Mamãe a chamava para ajudar a cuidar do ovo, mas Cora não se aproximava. Observava tudo de longe: papai arrumando o quarto do bebê e mamãe tricotando roupinhas para ele.

– Será que eles vão esquecer de mim quando o bebê nascer? – perguntou ela para si mesma.

07 julho

IRMÃ CORUJA

    Numa bela manhã, o ovo começou a rachar. Os pais de Cora comemoraram. Era um irmãozinho e lhe deram o nome de Condito.

    – Ele precisa de todos nós, Cora. Venha conhecer seu irmão – disse o papai.

    Cora aproximou-se devagar. Condito sorriu e estendeu as asas para a irmã:

    – É, até que ele é bonitinho, mamãe.

    Com o passar do tempo, os pais de Cora não cabiam em si de felicidade. Ela se tornou a irmã mais orgulhosa e coruja das redondezas.

08 julho

UM BEM PRECIOSO★

Os animais da floresta estavam muito preocupados. Havia meses que não chovia e a água do rio diminuía a cada dia.

– O que faremos se a água acabar? – perguntou o elefante.

– Teremos que procurar água em outro lugar – sugeriu a raposa.

– De jeito nenhum! Nós vamos cuidar para que a água não acabe. Logo as chuvas chegarão, mas até lá seremos cautelosos para preservar esse bem tão precioso que a natureza nos oferece – falou o leão com autoridade.

Então, os animais começaram uma força-tarefa para economizar água.

09 julho

A UNIÃO GARANTE A ÁGUA

Cada animal fez a sua parte. O leão começou a tomar banhos mais rápidos, a zebra parou de lavar a porta da sua casa toda semana e o elefante deixou de jogar água por todos os cantos com sua tromba. Os dias foram passando e a água do rio aumentou um pouco. Quando a primavera chegou, a chuva veio junto e o rio voltou a ser como era antes.

– Viva! Temos água em abundância novamente – comemorou o leão.

Os animais ficaram muito felizes e aprenderam que se economizassem a água, ela nunca faltaria para eles.

10 julho

A LIÇÃO DO POMBO POPÓ

O pombo Popó adorava se vangloriar para os outros dizendo ser o mais bonito morador da Floresta dos Salgueiros. Até que um dia, a calopsita Pituca se mudou para lá. Popó ficou interessado e começou a fazer de tudo para chamar a atenção da linda novata, desfilando e cantando diante dela, mas ela nem olhou para ele. Então, o pardal Lunino se aproximou de Pituca e começou a conversar e os dois se tornaram grandes amigos, e Popó percebeu que apenas a beleza não era suficiente para fazer amigos.

11 julho

UM GESTO DE CARINHO

Raica era uma raposinha que gostava muito quando iam visitas em sua casa, pois ela podia ajudar a mãe a servir o café. A mãe de Raica usava sua melhor louça e o aroma de café fresco se espalhava por toda a casa. Certa tarde, sua mãe recebeu uma amiga. Enquanto a mãe passava o café, Raica foi até o jardim e colheu uma rosa. Ela colocou um vaso com a rosa e a louça em uma bandeja e serviu a visita na sala com a ajuda da mãe. A amiga ficou encantada com a gentileza e a educação de Raica.

O NOVO MORADOR DA FAZENDA★

Os animais da fazenda estavam animados com a chegada do novo morador, o galo Guina.

– Até que enfim teremos um galo para cantar pela manhã. Não aguento mais perder a hora para levar meus filhotes à escola – falou a pata.

– Tenho certeza que esse Guina é muito corajoso e vai dar um jeito na raposa que está roubando nossos ovos – disse a galinha.

Quando Guina chegou, os animais fizeram uma grande festa de boas-vindas no celeiro para ele, e o galo ficou até assustado com aquela recepção calorosa.

13 julho

UM GALO PREGUIÇOSO

Na manhã seguinte, a pata perdeu a hora como sempre e a raposa continuou roubando os ovos. Guina ainda estava dormindo e os animais foram explicar a ele a importância de suas tarefas como galo.

– Um galo deve cantar para acordar os outros animais e também precisa proteger o galinheiro, Guina. As suas tarefas são muito importantes para nós – explicou a galinha.

Aos poucos, o galo começou a acordar de madrugada para cantar e a proteger o galinheiro. Depois disso, ele deixou a preguiça de lado.

QUEM MORA NA GRANDE ÁRVORE?*

Tindeco e seus amigos estavam brincando na beira do rio quando a bola caiu na água.

– Corre, depressa! Está indo embora! – exclamavam todos enquanto Tindeco corria pela margem acompanhando a bola.

Depois de muito correr, ele viu do outro lado do rio uma árvore enorme que tirou sua atenção. A pequena chaminé soltava uma fumaça branca e havia várias plantas crescendo ao redor. Todas as janelas estavam fechadas, mas ele pôde ver uma cauda se movendo antes de a porta fechar. Seria um monstro que morava ali?

15 julho

FIM DO MISTÉRIO

Curiosos por saber a verdade sobre o misterioso morador da grande árvore, Tindeco e seus amigos foram até lá. Eles caminharam lentamente ao redor da casa e quando estavam se aproximando da janela, a porta se abriu!

De dentro da casa, saiu uma raposa com um olhar gentil, carregando a bola que havia caído no rio.

– Acho que isso é de vocês!

Todos sorriram aliviados. Não era um monstro cruel que vivia ali. Era apenas uma simpática raposa, que ficou muito mais feliz quando passou a receber as visitas dos quatro amigos.

16 julho

UMA SURPRESA BRILHANTE

Peti era um morceguinho que adorava explorar. Certa noite, ele voou em direção a uma grande montanha. Depois de muito bater suas asinhas, ele chegou lá no alto. Algumas horas já haviam se passado desde quando ele deixou sua caverna escura. Então, um raio de luz atravessou o céu e Peti teve a maior surpresa de sua vida: viu o sol nascer no horizonte e iluminar a floresta. Quando voltou para sua caverna à noite, Peti contou para todos os amigos sobre sua descoberta do círculo brilhante.

17 julho

FESTA DO PIJAMA

Era a primeira vez que Ofélia recebia as amigas para uma festa do pijama em sua casa. Ela estava muito animada. Ao chegarem, elas foram decorar bolinhos. No quarto, as amigas ouviram música, brincaram com jogos de tabuleiro, contaram histórias e fizeram guerra de travesseiros. Depois, comeram os bolinhos que haviam decorado e tomaram leite. O sono veio logo e elas se acomodaram em seus sacos de dormir. A festa foi um sucesso e as amigas de Ofélia lembraram dela por muito tempo.

UM CACHORRO PERDIDO*

    Duquinha era um cachorro solitário que vivia perambulando pelas ruas de um bairro próximo à mata. Ele havia caído do caminhão de mudança de seu antigo dono e, depois disso, não conseguiu encontrar outro lar. Todas as casas do bairro já tinham cachorro e não havia lugar para ele.

    Depois de andar sem rumo pelas ruas e dormir pelas calçadas, Duquinha resolveu explorar a mata para ver o que encontraria por lá.

    – Já cansei de andar feito cachorro sem dono por aí. Quem sabe encontro um amigo na mata – disse para si mesmo.

19 julho

AMIZADE ESPECIAL

Depois de andar muito pela mata, Duquinha ouviu um barulho muito estranho vindo de uma caverna e, quando chegou perto da entrada, ele viu um leão dormindo e roncando bem alto. Duquinha sentiu muito medo e na hora que se preparava para correr, o leão acordou.

– Ei, não vá embora, amigo! É tão difícil aparecer uma visita por aqui – disse o leão.

Duquinha viu que o leão era do bem e resolveu ficar para conversar um pouco. Com o tempo, os dois se tornaram grandes amigos e Duquinha nunca mais se sentiu só.

20 julho

DESPEDIDA DOS AMIGOS★

O ano havia chegado ao fim e muitos filhotes dos animais da floresta migrariam para outros lugares durante as férias. Alguns deles demorariam anos para voltar e o clima de despedida tomou conta do último dia de aula.

A zebrinha era a mais emotiva e despedia-se de sua grande amiga girafa entre sorrisos e lágrimas.

– Sentirei tanto a sua falta! – disse ela.

– Não fique triste, amiga. Nós ainda vamos nos encontrar – garantiu a pequena girafa.

Assim, as amigas aproveitaram aquele momento para brincar mais um pouco.

21 julho

UM REENCONTRO EMOCIONANTE

Os anos se passaram e a zebra e a girafa nunca mais se encontraram. Certo dia, a zebra foi dar uma volta e acabou se afastando da floresta. Ela percebeu que estava perdida e, ao tentar voltar para casa, acabou caindo em um buraco.

A pequenina chamou por socorro e uma girafa que passava por perto tirou-a de lá. Quando as duas se olharam elas quase não acreditaram. As amigas de infância haviam se encontrado novamente.

A zebra e a girafa ficaram muito felizes e voltaram a morar na mesma floresta.

22 julho

UM DESENHO ESPECIAL

Abelino estava concentrado desenhando em um pedaço de papel no canto da sala de aula, enquanto seus colegas brincavam. A professora Sulica aproximou-se:

– Abelino, por que não está brincando com seus amigos?

– Já estou terminando aqui, professora.

Abelino ainda rabiscou mais um pouco até finalmente terminar o desenho misterioso. Então, aproximou-se de dona Sulica e entregou-lhe o papel. A professora ficou muito alegre ao ver o desenho dela e de seus alunos dentro de um coração.

23 julho

O VOO DE BELA

Depois que uma forte tempestade derrubou o ovo em que estava a arara Bela, ela acabou nascendo no ninho dos avestruzes que a criaram.

Bela achava os avestruzes elegantes, e eles cuidavam muito bem dela, mas mesmo assim Bela sentia-se sozinha e diferente de todos. Afinal, uma arara gosta de voar, e não de ficar com a cabeça enfiada na terra.

Certo dia, de tanto observar os pássaros no ar, Bela aprendeu a voar e, assim que suas asas começaram a bater, ela voou bem alto, encontrou outras araras e ficou muito feliz.

24 julho

UM PASSEIO FANTÁSTICO★

O jacaré Lilo morava no rio, mas sempre que possível, ele fazia alguns passeios para conhecer lugares diferentes. Lilo descia rio abaixo e parava nos lugares que achava mais legais para explorar e conhecer outros animais.

Certo dia, Lilo fez uma parada num lugar bem diferente com árvores de todas as cores, borboletas com asas brilhantes e tartarugas cantoras.

– Esse lugar é fantástico! Parece até uma floresta encantada – disse Lilo maravilhado.

O jacaré passou um bom tempo naquele lugar diferente.

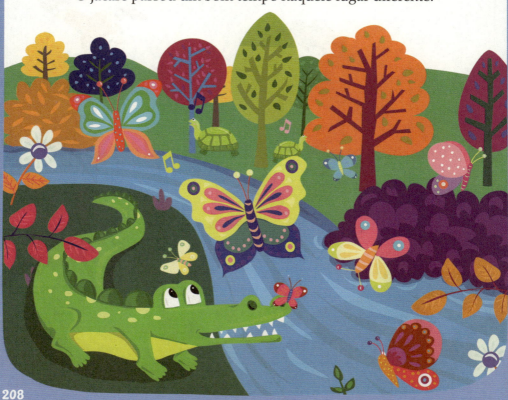

DESPERTANDO DO SONHO

Depois de aproveitar alguns dias naquela floresta incrível, Lilo decidiu voltar para casa, afinal, ele já estava com saudade do seu lar.

O jacaré despediu-se dos novos amigos e começou a subir rio acima quando, de repente, bateu com a cabeça.

Lilo acordou assustado e foi quando percebeu que já estava em sua casa e que, na verdade, tudo não havia passado de um fantástico sonho. Depois daquele dia, sempre que saía para passear, Lilo tentava encontrar o lugar tão encantador.

26 julho

UM SONHO POSSÍVEL ★

Nero era um macaquinho que vivia em uma ilha e contemplava o mar todos os dias:

– Como eu gostaria de navegar nesse mar azul – suspirava.

Certo dia, Nero avistou o que parecia ser um peixe ao longe. Quando chegou mais perto, o macaco viu que na verdade era um golfinho:

– Olá, amigo. Eu sou Nero. Quem é você?

– Eu sou Goti. O que você faz aí?

– Eu moro naquele coqueiro, mas gostaria de poder nadar como você. Eu poderia ir aonde quisesse nesse mar sem fim.

– Nero, podemos dar um jeito nisso.

27 julho

UM PASSEIO INESQUECÍVEL

Nero ficou muito animado com o convite do novo amigo:

– Eu conheço uma ilha do outro lado onde há bananas e posso levá-lo nas minhas costas. Você quer ir?

– Eu adoraria, Goti. Você é muito gentil!

Mais que depressa, Nero pulou nas costas de Goti e os dois seguiram até a ilha. Ao chegarem, Goti observou a alegria do macaco ao comer as deliciosas bananas e em ter navegado pela primeira vez.

Os dois tornaram-se grandes amigos e, sempre que possível, Goti aparecia para levar Nero para passear.

211

28 julho

A APRESSADA SAPECA

Sapeca era uma libélula muito apressada. Certo dia, ela saiu voando tão depressa que prendeu uma das asas na teia da aranha. Ao tentar se soltar, ela acabou ficando com o corpo todo preso. A sorte de Sapeca é que a aranha era muito simpática e tirou a libélula de sua teia.

– Você precisa ser menos apressada, Sapeca – disse a aranha.

– É verdade! Prometo que prestarei mais atenção nas coisas – garantiu Sapeca.

E, daquele dia em diante, a libélula aprendeu que a pressa é a inimiga da perfeição.

29 julho

O PRESENTE DO PAPAI

O cãozinho Rocki queria dar um presente para seu pai, mas o quê? Um carrinho? Uma bola de futebol?

– Rocki, primeiro você precisa pensar como é seu pai – sugeriu Yula.

– Meu pai é grande, forte e sempre me protege quando estou com medo – Rocki explicou para sua amiga.

De repente, ele deu um salto e correu para o seu quarto. No final do dia, quando o papai chegou do trabalho, Rocki lhe entregou uma capa e uma máscara.

– Papai, esse é o melhor presente que posso lhe dar, porque você é meu herói!

30 julho

LÁ VEM O TUBARÃO! ★

Nuno foi até o campinho do fundo do mar para brincar com os amigos. Eles estavam muito entretidos e não deram atenção ao peixinho. Nuno ficou muito chateado e resolveu pregar uma peça nos amigos:

– Fujam! O tubarão está vindo!

Todos se esconderam mais do que depressa. Carango entrou embaixo de uma pedra. Catito se camuflou na areia e Nuno se escondeu em uma anêmona-do-mar. Depois de uns instantes, Carango perguntou:

– Peixoto, o tubarão já foi embora?

De repente, eles ouviram uma gargalhada.

31 julho

QUEM ESTÁ COM MEDO AGORA?

Nuno disse entre risos:

– Vocês precisavam ver suas caras. Nunca me diverti tanto em toda a minha vida!

– Não teve graça nenhuma – disse Catito.

– Eu quase fiquei preso embaixo dessa pedra! – indignou-se Carango.

– Sinto muito, eu só queria a atenção de vocês – confessou Nuno arrependido.

Os amigos entenderam que o peixinho queria apenas brincar e, daquele dia em diante, todos brincaram juntos. Nuno entendeu que não precisava assustar os amigos para ter a atenção deles e todos ficaram felizes.

O ELEFANTE E A FORMIGA

Era uma vez um elefante muito metido que se achava o dono da floresta.

– Eu sou o maior animal daqui e todos devem me obedecer – dizia ele.

Do outro lado da floresta morava uma formiga que nunca saía da toca, e o sonho dela era ver o elefante.

– Tenho tanta admiração por aquele animal enorme. Sou fã do elefante – falava ela.

– Se você soubesse como ele é metido, você não diria isso – falou o besouro.

Certo dia, a formiga resolveu sair de sua toca e dar um passeio pela floresta para ver se encontrava o elefante.

02 agosto

UMA GRANDE LIÇÃO

Depois de andar até as patinhas ficarem cansadas, a formiga deu de cara com o elefante e os olhos dela brilharam, mas ele nem deu bola para ela. A formiga ficou muito brava e deu uma bronca no grandalhão.

– Escute aqui, elefante, não pense que você pode humilhar os outros animais só porque é grande. Tamanho não é documento. Eu sou pequena, mas se eu te picar, você vai sentir muita dor – falou ela.

O elefante ficou envergonhado e, depois daquele dia, ele aprendeu a ser mais humilde com os outros animais.

03 agosto

A AJUDA INESPERADA

O gato Chumi sempre passeava pelo bairro e voltava antes de anoitecer, mas naquele dia ele não retornou e sua mãe foi procurá-lo. A gata conversou com os gatos, mas ninguém tinha visto Chumi.

Quando ela voltava triste para casa, encontrou Chumi com o cachorro Ruji.

– Mamãe, o Ruji me salvou, eu estava perdido no bairro vizinho – explicou Chumi.

A dona gata ficou muito feliz pela ajuda inesperada de Ruji e, para comemorar, convidou-o para comer um delicioso bolo que ela havia feito.

04 agosto

O MELHOR ESCONDERIJO DE TODOS

A família dos guaxinins foi fazer um piquenique no parque. Loli e os primos foram brincar de esconde-esconde. Era a vez de Guapo procurá-los. Ele achou todo mundo, menos a Loli.

De repente, ouviram a vovó gritando. Ao se aproximarem para ver o que estava acontecendo, viram Loli sair de dentro da cesta de piquenique:

– Enquanto eu esperava o Guapo, peguei no sono! A vovó me encontrou quando foi pegar uma maçã.

A família aplaudiu a vencedora que havia encontrado o melhor esconderijo de todos.

05 agosto

UMA PORCA QUE NÃO ERA PORCA ★

Pufi era uma porca bem diferente das outras, ela não gostava nem um pouco de sujeira e sua casa era uma limpeza só.

– Em todas as fazendas que eu já morei, é a primeira vez que conheço uma porca limpa – falou a vaca.

– Ué, não é só porque sou porca que devo andar suja, fedida e morar em um chiqueiro – disse Pufi.

Os animais da fazenda ficavam surpresos com a limpeza da porca, ela tomava banho todos os dias e andava mais cheirosa do que a gata de estimação da fazendeira, parecia até que usava perfume.

06 agosto

O LADO BOM DA SUJEIRA

Certo dia, um novo porco chegou na fazenda e perguntou a Pufi onde era o chiqueiro. Quando ela mostrou sua casa limpa, o porco caiu na gargalhada.

– Você gosta de viver limpa? Eu vou mostrar a você que não há mal nenhum em se sujar um pouco – disse ele antes de puxar Pufi para dentro da lama.

No começo, Pufi ficou brava, mas depois de alguns minutos na lama, ela viu que não era tão ruim assim e até brincou com o novo amigo. Daquele dia em diante, eles passavam uma semana limpos e outra semana cheios de lama.

07 agosto

A BORBOLETA CANTORA★

Didi era uma borboleta que adorava cantar, mas a voz dela não era muito afinada. Mesmo assim, Didi começava a cantarolar logo cedo para acordar os outros moradores do jardim.

– Didi, acho que você precisa afinar a sua voz. Desse jeito não dá – falou a formiga.

– Talvez você devesse ter algumas aulas de canto com o bem-te-vi – recomendou a joaninha.

Didi ficou um pouco triste, afinal, ela se achava uma ótima cantora. Como era muito esforçada, a borboleta decidiu procurar pelo passarinho para ter algumas aulas.

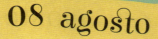

QUEM ACREDITA SEMPRE ALCANÇA

Acontece que o bem-te-vi não quis ajudar Didi, ele disse que ela era desafinada e que jamais aprenderia a cantar. Didi ficou triste e, depois daquele dia, ela não quis cantar mais.

Após um bom tempo, os moradores do jardim sentiram falta do canto de Didi, mesmo desafinado. Então, eles pediram a ela para voltar a cantar e foram surpreendidos quando Didi cantou muito bem, sem desafinar. A borboleta havia passado todo o tempo treinando e, daquele dia em diante, ela não parou mais de cantar.

09 agosto

BOLINHAS DE GUDE

Frésio era campeão em jogo de bolinha de gude. Ele sempre ganhava as bolinhas dos adversários, assim, sua coleção aumentava. Até que certo dia, apenas Frésio possuía bolinhas para jogar. Do que adiantava ser campeão, mas não ter ninguém para brincar? Frésio chamou Cravo e Genino, e dividiu suas bolinhas com eles. Se Frésio ganhava dos dois, não pegava mais as bolinhas de gude, deixava-as com os amigos. Afinal, o que importava não era ganhar ou perder, mas se divertirem juntos.

10 agosto

O SONHO DE TITA

A minhoca Tita queria muito fazer um bolo, mas, como todos sabem, minhocas não têm patas, por isso, essa tarefa não seria nada fácil para ela. Tita pediu ajuda aos animais da fazenda, mas ninguém deu a mínima para a minhoca.

A coelha Fran, ao ver a tristeza de Tita, colheu lindas maçãs e convidou a amiga para fazer o bolo. Tita usava suas habilidades para arrastar os ingredientes e, assim, as duas fizeram um delicioso bolo. Tita e Fran ficaram muito felizes por terem ajudado uma a outra.

11 agosto

O SUMIÇO DO LEÃO

O leão Lelo era o rei da floresta e cuidava muito bem dos animais. Todos os dias, Lelo visitava os bichos para saber se estava tudo bem e se havia algum problema.

– Como estão as coisas, dona zebra? – perguntou Lelo.

– Está tudo ótimo! Nenhuma novidade – respondeu a zebra.

No final do dia, enquanto Lelo voltava para casa, ele ouviu um barulho estranho vindo de uma moita e resolveu ver o que era. Assim que Lelo chegou perto da moita, ele caiu para dentro dela e desapareceu como num passe de mágica.

12 agosto

A GRANDE SURPRESA

No dia seguinte, os animais sentiram falta de Lelo e procuraram por ele em todos os cantos, mas nada do leão aparecer.

– Será que ele foi embora da floresta? – perguntou a girafa.

– De jeito nenhum! Ele é o rei, não pode ir embora – disse a zebra.

Naquele momento, Lelo apareceu e deu uma grande notícia.

– Amigos, eu descobri uma floresta mágica e, como rei, não posso deixar de dividir isso com vocês.

Os animais acompanharam Lelo e puderam desfrutar do lugar lindo e encantador que ele havia encontrado.

13 agosto

A ESCOLA NOVA★

Hilário não ficou feliz por ter de mudar de escola. No colégio novo, a professora e os colegas foram gentis com ele, mas nada o agradava:

– Sente-se do lado da Malina – disse a professora.

– Eu não gosto de sentar perto da janela – disse ele, e sentou-se sozinho perto da porta. No recreio, Lendico chamou:

– Venha brincar de esconde-esconde com a gente.

– Eu não gosto de brincar de esconde-esconde.

Os colegas cochicharam entre si:

– O aluno novo não gosta de nada.

228

14 agosto

UMA CHANCE PARA O NOVO

Na aula do dia seguinte, Hilário ficou sozinho mais uma vez e a professora perguntou por que ele não queria brincar com os outros alunos. Hilário confessou que sentia falta de seus antigos amigos.

— Mas aqui você vai fazer novos amigos e quando encontrar os antigos companheiros, vai ter muitas novidades para contar.

Hilário escutou a professora e foi brincar com os outros alunos. Ele se divertiu muito e, quando encontrou os antigos amigos, pôde compartilhar as novas experiências com alegria.

15 agosto

UM ATO DE CORAGEM

Uma forte chuva começou a cair sobre a floresta e o esquilo Dado apertou o passo para se abrigar. Na pressa, ele acabou tropeçando e ficou com a pata presa em um cipó. Dado começou a pedir socorro, mas os raios e trovões não deixavam seus gritos chegarem muito longe.

De repente, a corajosa águia Flora avistou o pequeno lá do alto de seu ninho e não pensou duas vezes. Ela abriu suas enormes asas e voou em direção ao esquilo. Flora salvou Dado e abrigou-o em sua casa e o esquilo ficou muito agradecido.

16 agosto

O BRINQUEDO DA NATI

A coelhinha Nati chegou ao parquinho com brinquedos novos: um lindo balde roxo com pá e rastelo.

– Vamos brincar juntas! – ela exclamou ao ver a coelhinha Pepita.

Animadas, as duas começaram a brincar no tanque de areia, até que de repente, creck!

– Oh, Nati! A pá quebrou! Desculpe-me, foi sem querer.

Nati olhou triste para o brinquedo quebrado, depois viu o olhar de Pepita.

– Não se preocupe, podemos brincar com o rastelo! – Ela sorriu. Assim, as duas passaram a tarde brincando juntas.

17 agosto

LINDINHA ESTÁ TRISTE★

A ovelha Lindinha ficou tristonha o dia todo. Ao perceber isso, a galinha Zuzu perguntou o que estava acontecendo.

– Estou com saudades da minha mamãe – choramingou Lindinha. – O fazendeiro foi buscá-la bem cedo e a levou embora. O que será que aconteceu?

– Fique tranquila, querida. O fazendeiro é um homem bom e não vai fazer nada de mal com sua mamãe – falou Zuzu, tentando acalmar Lindinha, mas a pequenina continuava triste. Onde estaria sua mamãe?

18 agosto

DE VOLTA À FAZENDA

    Pouco tempo depois de a ovelha Lindinha conversar com a galinha Zuzu, o fazendeiro chegou. Ele abriu o caminhão e lá de dentro saiu a mamãe de Lindinha! Mas era ela mesmo? O que havia acontecido?

    – Mamãe?

    – Oi, Lindinha! Sou eu mesma! O fazendeiro me levou para tosar minha lã! Quando você crescer e tiver bastante lã, também precisará fazer isso. É divertido!

    – Poxa, mamãe! Como você ficou diferente! Mas isso não importa, o que me deixa mais feliz é saber que estamos juntas de novo! – sorriu Lindinha.

19 agosto

A CORUJA E O LOBO*

O lobo Guarí e a coruja Gica eram grandes amigos. Enquanto os outros animais da floresta dormiam, eles ficavam acordados.

– Guarí, meu aniversário está chegando e eu queria fazer uma grande festa com muitos convidados – disse Gica.

– Nós até podemos fazer a festa, mas como teremos muitos convidados se os outros animais dormem à noite? – perguntou o lobo.

– Você tem toda a razão, amigo. Estou vendo que a minha festa será apenas para nós dois mesmo – lamentou Gica.

Mas o lobo teve uma grande ideia.

234

20 agosto

UMA FESTA DIFERENTE

Sem que Gica soubesse, Guarí ficou acordado no dia seguinte e combinou com os outros animais da floresta para eles irem dormir um pouco mais tarde na noite do aniversário da coruja, assim ela teria uma festa como sempre sonhou.

No dia tão esperado, apesar de estar um pouco triste, Gica se arrumou para comemorar o aniversário. Quando a coruja saiu de sua árvore, ela teve uma grande surpresa ao ver todos os animais da floresta acordados esperando por sua festa e ficou muito grata ao amigo Guarí.

21 agosto

A FESTA DO TATU

O tatu convidou todos os animais da floresta para uma grande festa. Quando receberam o convite, eles se perguntaram, como seria reunir formigas e elefantes, leões, coelhos e hienas em uma festa?

Sim, era isso mesmo o que o tatu queria, todos juntos, por isso escreveu no convite: "Será uma festa para fazer amigos e se divertir".

E foi o que aconteceu, ao pôr do sol, os animais se reuniram na clareira da floresta e lá cantaram, dançaram e se divertiram muito juntos em paz e harmonia.

22 agosto

ESTRATÉGIA INTELIGENTE

A avestruz Zeninha estava brincando de esconde-esconde com seus amigos e era sua vez de encontrá-los. Depois de contar até 100, cobrindo os olhos com as asas, ela colocou o ouvido no chão. Observando Zeninha de seus esconderijos, os amigos não entenderam o que a amiga estava fazendo. Quando ela encontrou todos, eles perguntaram-lhe:

– Por que você estava colocando a cabeça no chão?

– Essa é minha estratégia especial, assim consigo encontrar todos vocês sem sair do lugar. Demais, não é?! – ela sorriu.

23 agosto

A TARTARUGA ALPINISTA

Todos os finais de semana, os esquilos alpinistas se reuniam para escalar as montanhas da floresta, e a tartaruga Teca, que era muito amiga deles, ficava encantada em ver os pequeninos subindo aqueles paredões de rocha.

– Por que você não escala conosco, Teca? – perguntou um dos esquilos.

– Eu adoraria! Mas acho que sou muito lenta, eu levaria uma semana para fazer o que vocês fazem em um dia – explicou Teca.

Mas a verdade é que a tartaruga sonhava em ser alpinista igual aos seus amigos esquilos.

24 agosto

TUDO É POSSÍVEL

Os esquilos perceberam que Teca queria muito escalar junto com eles, então, os pequeninos decidiram fazer uma surpresa para a tartaruga. Os esquilos escolheram uma montanha bem pequena na floresta e levaram Teca para escalar junto com eles.

– Temos todo o tempo do mundo para esperar por você, Teca. Pode subir com calma – disse um dos esquilos.

– Uau! Esse foi o melhor presente que já ganhei – falou Teca.

A tartaruga adorou a surpresa dos esquilos e ficou alegre por saber que tinha amigos tão especiais.

O MEDO DO ELEFANTE★

    O elefante Juca gostava muito de brincar com os amigos na floresta, mas ele escondia um grande segredo: tinha medo de formiga. Ele não contava isso para ninguém, afinal, o que pensariam de um enorme elefante com medo de um inseto tão pequeno?

    Sempre que estava brincando com seus amigos e avistava uma formiga, Juca dava alguma desculpa e voltava correndo para casa. E, claro, para que as pequeninas nem chegassem perto de seu lar, Juca mantinha qualquer coisa doce bem distante.

26 agosto

UMA AMIZADE INESPERADA

Certo dia, Juca estava arrumando a casa e avistou uma formiguinha em cima do sofá. O elefante ficou muito assustado e até chorou. A formiga perguntou o que havia acontecido e, mesmo apavorado, ele disse que tinha muito medo das formigas, principalmente das picadas dolorosas delas.

Mas a pequenina explicou a Juca que ela só queria ser amiga dele, afinal, ela admirava aquele animal tão grande, e prometeu que não faria mal a ele. Depois disso, Juca se tornou grande amigo da formiguinha e superou seu medo.

27 agosto

PRATO SURPRESA

A mãe de Alfazema assistia a muitos programas culinários e vivia fazendo novas experiências na cozinha. Porém, Alfazema não experimentava nada novo. Ela só queria batatas fritas. Um dia, houve geada nas plantações de batata e o legume ficou em falta na cidade:

– Mamãe, o que vou comer agora?

– O que acha de um suflê de abobrinha? – ofereceu a mamãe.

Contrariada, Alfazema provou o prato... e achou uma delícia! Depois daquele dia, Alfazema passou a experimentar todos os novos pratos de sua mãe.

28 agosto

O SAPO CONTADOR DE HISTÓRIA

O sapo Lelê adorava contar história. Todos os dias, os moradores da floresta se reuniam para ouvir os contos do sapo contador de história.

– De onde você tira tanta história para contar? – perguntou a lagarta Kati.

– É simples, minha amiga. Eu converso com todos os viajantes que passam pelo rio! Assim, eu conheço um pouco da vida de cada um. Depois, eu transformo tudo isso em incríveis histórias – explicou Lelê.

O sapo ensinou a Kati o quanto pode ser divertido e surpreendente conversar com os outros.

29 agosto

CORES ESPECIAIS★

A vaca Moli havia crescido na fazenda junto com diversos outros animais e, desde filhote, ela era encantada pela penugem colorida do pavão. O sonho dela era ter o corpo tão colorido quanto o dele, mas Moli era malhada com cores preta e branca.

– Será que não existe um jeito de mudar a minha cor? – perguntou ela ao sábio cavalo.

– Moli, eu já vi muitas coisas acontecerem, mas nunca vi uma vaca mudar de cor – respondeu ele.

Moli tentava se conformar, mas ela não desistia do sonho de ser colorida.

30 agosto

UMA IDEIA GENIAL

O pavão, vendo a tristeza da amiga Moli, decidiu ajudá-la.

– Eu conheço uma forma de realizar o seu sonho. Você só precisa esperar formar um arco-íris e passar pelo final dele, assim você ficará colorida – explicou o pavão.

Moli ficou muito animada com a ideia e, no dia que surgiu um arco-íris no céu, a vaca foi até o final dele na divisa da fazenda e passou sob seus arcos. Instantes depois, Moli ficou com sua pele toda colorida e voltou para a fazenda muito feliz e grata ao pavão por ter lhe ajudado.

31 agosto

O AMIGO DE LATA

O cachorrinho Bebeco morava no porão de uma casa abandonada junto com sua mãe e seu irmão mais novo. Todas as manhãs, Bebeco saía para dar uma volta pela vizinhança. Um dia, ele voltou do passeio e entrou em casa gritando.

– Mamãe! Mamãe! Eu encontrei uma coisa muito estranha, acho até que pode ser um extraterrestre – falou o pequenino.

– Como assim, meu filho? Onde está essa coisa? – perguntou aflita a mãe do cachorrinho.

– Está lá fora, eu trouxe ele comigo – falou Bebeco.

– Mas e se ele quiser nos levar embora para o planeta dele? – perguntou o irmão de Bebeco.

– Bom, só tem um jeito de saber. Vamos lá dizer "Oi" para o E.T. – afirmou a mãe dos cachorrinhos.

Os três saíram em direção ao quintal da casa e, quando se aproximaram da "coisa estranha" que Bebeco havia falado, a mamãe soltou uma gargalhada.

– Filho, isso é apenas um robô velho de lata, não tem nada de estranho.

Passado o susto, Bebeco e seu irmão começaram a brincar com o robô e adoraram o novo amigo de lata.

01 setembro

ACALANTO★

Por ter medo dos monstros de seu quarto, Lírio não conseguia dormir. Sua mãe, então, o presenteou com um cavalo-marinho de pelúcia chamado Acalanto. À noite, quando Lírio se assustava com a sombra das algas na cortina ou o assovio da correnteza marítima, ele se abraçava a Acalanto e conseguia adormecer.

Um dia, Lírio não achou Acalanto. Procurou no armário, no baú de brinquedos, embaixo da cama, até no banheiro e nada. Como ele dormiria aquela noite?

02 setembro

DOCES SONHOS

Por incrível que pareça, Lírio conseguiu dormir. Acalanto o havia ajudado a perceber que monstros não existiam. Ele entendeu que era a sua imaginação que transformava as coisas ao seu redor. Então, Lírio imaginou corais e estrelas-do-mar e adormeceu tranquilo. Sonhou que Acalanto ganhava vida e o levava a lugares mágicos. No dia seguinte, Lírio achou o amigo debaixo da cama e não soube explicar o sumiço e o aparecimento mágicos, mas entendeu a mensagem e não precisou mais de Acalanto para dormir.

03 setembro

A CAMINHO DA CASA DA LEBRE

Em uma linda manhã, a toupeira Vivi acordou cedo.

– Vamos visitar a lebre? – perguntou ela para Nilu, sua irmãzinha.

A pequenina deu um salto em direção à porta. No caminho, as duas irmãs colheram frutas, passearam entre as flores e refrescaram-se no lago. Quando chegaram perto da casa da lebre, já era quase a hora de voltar.

– Já é tarde! Vamos voltar para casa? Visitaremos a lebre amanhã – falou Vivi.

– Certo, mas amanhã sairemos mais cedo, para poder fazer tudo isso de novo! – sorriu Nilu, abraçando a irmã.

04 setembro

UM PRESENTE PARA O VOVÔ

Rizo e Didinha não sabiam o que dar de presente ao vovô no dia do aniversário dele.

– O que acha deste dedal? – perguntou ela.

– E este carretel vazio? – falou ele.

Tudo o que os ratinhos encontravam punham na carrocinha. Na hora do almoço, já tinham várias coisas, mas nenhum presente incrível. Então, eles tiveram uma ideia. Depressa, os dois entraram no quarto e começaram a martelar, serrar, amarrar.

No final do dia, o presente ficou pronto: um robô fantástico com as fotos de Rizo e Didinha. O vovô adorou!

05 setembro

O CANTO DO SABIÁ ★

O sabiá Duqui adorava cantar, mas sua voz era muito fina e ele achava que estava faltando alguma coisa para suas canções ficarem bonitas.

– Você precisa de uma segunda voz, Duqui – disse a joaninha Sabidinha.

– Segunda voz? Não entendi – perguntou Duqui.

– A segunda voz é uma outra voz além da sua para equilibrar o som da sua canção. Você precisa de um parceiro, Duqui – explicou Sabidinha.

O sabiá, então, abriu um concurso para encontrar o novo parceiro. Muitas aves se inscreveram.

06 setembro

SUCESSO EM DUPLA

No final das contas, nenhuma delas tinha a voz adequada para fazer dupla com Duqui. De repente, o corvo Lilico chegou para fazer o teste do concurso.

– Você? Mas corvos não cantam, apenas fazem um barulho chato – falou o sabiá.

– Deixe o Lilico fazer o teste pelo menos, Duqui – sugeriu Sabidinha.

Quando o corvo abriu o bico, o sabiá ficou de queixo caído. A voz de Lilico era ideal. O sabiá pediu desculpas ao corvo por ter desdenhado dele e, juntos, eles formaram uma dupla de muito sucesso.

07 setembro

O PAPAGAIO CALADO ★

Calado era um papagaio diferente dos outros. Ele não falava uma palavra e ficava com muita vergonha quando alguém puxava assunto com ele. Os animais da floresta ficavam curiosos para descobrir o motivo de Calado ser praticamente mudo.

– Será que ele não tem língua ou ele ainda não aprendeu a falar? – questionou o beija-flor.

– Eu acho que ele tem vergonha de falar em público. Talvez ele converse sozinho – disse a aranha.

A verdade é que aquele mistério estava tirando o sono dos moradores da floresta.

FIM DO MISTÉRIO

    Os dias se passaram e um grande concurso de canto estava acontecendo na floresta. Vários animais se apresentaram e, depois que todos haviam cantado, Calado subiu ao palco para participar. Os animais ficaram ainda mais curiosos, pois se o papagaio mal falava, como ele iria cantar?

    Mas Calado surpreendeu a todos, cantou uma linda música e venceu o concurso. Na hora de agradecer, o papagaio matou a curiosidade dos animais: ele era gago, por isso não gostava muito de falar, mas cantava como ninguém.

09 setembro

ESCONDE-ESCONDE NO JARDIM

– Um, dois, três...

Assim que a joaninha Kika começou a contar, o grilo Zetito e o besouro Lenino saíram correndo. Não demorou muito para ela começar a procurar os amigos. Ela procurou debaixo da roseira, atrás dos gravetos, entre as folhas, mas não os encontrou. Onde eles estavam escondidos? De repente...

– Buuu!

Zetito e Lenino saltaram na frente dela, dando-lhe um susto.

– Nós queríamos mudar um pouco a brincadeira. Agora, eu procuro vocês. Será que vão conseguir me assustar? – sorriu Lenino fechando os olhos.

10 setembro

PROFISSÕES

Uma vez por mês os pais dos alunos visitavam a Escola Patinho Feliz e falavam de suas profissões. O pai de Ciça era bombeiro. Ele apagava incêndios, além de salvar vidas. A mãe de Peto era enfermeira. Ela cuidava dos pacientes no hospital da cidade. O pai de Tatau era pedreiro. Ele erguia muitas casas. A mãe de Nico era professora de balé e demonstrou uns passos do balé "O lago dos cisnes". Os alunos gostavam muito de conhecer tantas profissões interessantes.

11 setembro

A DESCOBERTA DE FOFINHA

A ovelha Fofinha morava na fazenda havia anos e seu pelo estava bem grande. Certo dia, Fofinha foi dar uma volta e viu o dono da fazenda vizinha tosando suas ovelhas, tirando o pelo delas para fazer lã. Fofinha ficou assustada, voltou correndo para o celeiro e contou aos animais o que tinha descoberto.

– Será que o fazendeiro também vai tirar toda a minha lã? Estou com muito medo – disse ela.

– Acalme-se, Fofinha. Se ele não tosou você até hoje, por que faria isso agora? – falou a vaca.

12 setembro

UMA LÃ ESPECIAL

Quando o inverno chegou, o fazendeiro entrou no celeiro segurando uma tesoura e foi em direção à casa de Fofinha. Os animais ficaram apreensivos achando que ele cortaria a lã da ovelha, que já estava bem grande. Após algum tempo, o fazendeiro foi embora e os animais correram para ver o que havia acontecido.

Para a surpresa de todos, o fazendeiro apenas aparou um pouco da lã da ovelha, o suficiente para fazer uma blusa e para que Fofinha ficasse mais leve. A ovelha e os animais ficaram muito felizes.

13 setembro

UMA DIVISÃO JUSTA★

A joaninha Clarine era muito esforçada e, por isso, suas irmãs deixavam todas as tarefas de casa para ela fazer. Enquanto Clarine lavava, passava e cozinhava, suas irmãs passeavam pelo jardim.

Um dia, Clarine ficou doente e não pôde fazer as tarefas. Suas irmãs tiveram que fazer tudo e perceberam que assim não teriam tempo para passear.

Com isso, elas decidiram dividir as tarefas de casa para que as três pudessem se divertir. Elas queriam muito ir ao baile da primavera que aconteceria em poucos dias.

14 setembro

O BAILE DA PRIMAVERA

Clarine sonhava com o dia do baile, mas ela era muito tímida e conversava apenas com suas irmãs. Ela ficou pensando como iria se comportar em uma festa com tantos convidados.

Quando chegou o grande dia, Clarine encheu-se de coragem, colocou um vestido bem bonito e foi ao baile com as irmãs. Chegando lá, todos acharam o vestido da joaninha o mais lindo da festa e se aproximaram para conversar com ela. Clarine foi deixando a timidez de lado e, quando percebeu, já estava conversando com todos no baile.

15 setembro

NERVOSISMO

Corvelo comia pipocas no banco da praça quando Paloma apareceu. Ela ficou olhando o tímido Corvelo, mas não falou nada. Ele ficou muito nervoso e não conseguiu nem mesmo oferecer pipoca para ela. Corvelo se levantou muito rápido, tropeçou e acabou deixando toda a sua pipoca cair no chão. Paloma se aproximou para ajudá-lo. Como Corvelo não havia se machucado, Paloma comprou mais pipocas e as dividiu com ele. Os dois riram juntos da situação e a partir daquele dia se iniciou uma bela amizade.

16 setembro

UM MORADOR MISTERIOSO

O gato Gegê ficou intrigado com as pegadas diferentes que encontrou nos arredores do celeiro da fazenda.

"Essas patas não são de nenhum bicho daqui! Será que tem um monstro solto aqui perto?", pensou Gegê.

Muito corajoso, o gato seguiu as pegadas até dentro do celeiro e encontrou o dono delas: um avestruz. A ave era o novo morador da fazenda e todos os bichos estavam dando as boas-vindas a ele. Gegê se juntou à turma e viu que o "monstro" era, na verdade, mais um amigo, e eles festejaram juntos.

A SAPECA MARINE ★

Quando a borboleta Marine nasceu, seus pais deram uma grande festa para comemorar, afinal, eles esperaram muito tempo para a chegada da pequenina.

Marine foi crescendo e se tornando uma borboleta muito sapeca. Em sua festa de 3 anos de idade, ela desapareceu justamente na hora de cortar o bolo. Depois de procurarem por todos os cantos, os pais de Marine encontraram a borboleta escondida debaixo da mesa do bolo, comendo docinhos.

Quanto mais Marine crescia, mais sapeca ela ficava.

18 setembro

DESFAZENDO O ENCANTO

A diversão da borboleta Marine era explorar os lugares mágicos da floresta. Ela era muito curiosa e gostava de fuçar em tudo.

Certo dia, enquanto tentava entrar no jardim de uma sábia fada, Marine acabou caindo dentro de um pote de pó mágico e não conseguiu mais voar.

A fada, que era muito boazinha, ajudou Marine levando-a para tomar um banho no rio colorido, que fez com que ela voltasse a voar.

Depois daquele dia, a borboleta aprendeu a não ser tão sapeca e curiosa.

19 setembro

SEM FÔLEGO

 A ovelha Chiquita adorava festas. Sempre que algum amigo da fazenda fazia aniversário, ela organizava uma comemoração. As festas dela eram as melhores, com música, doces e uma decoração de arrasar. Mas algo nas comemorações chamou a atenção da porca Catita e ela resolveu acabar com a curiosidade:

 – Chiquita, as suas festas são lindas, mas por que você nunca coloca aqueles grandes balões para enfeitar?

 – Bexigas? Eu acho lindo, mas não consigo enchê-las. Não tenho fôlego! – respondeu triste.

20 setembro

UMA SURPRESA PARA CHIQUITA

Quando chegou o aniversário de Chiquita, os animais resolveram fazer uma festa para ela e Catita teve uma ideia.

— A Chiquita adora bexigas, então vamos encher muitas, de todas as cores, para decorar a festa. Ela vai adorar — falou a porca.

Os animais deixaram o celeiro todo colorido e levaram Chiquita com os olhos vendados até lá. Quando tirou a venda, a ovelha ficou encantada com a linda festa e mais ainda com as bexigas que enfeitavam tudo. Ela agradeceu a todos, em especial à sua amiga Catita.

A CORUJA QUE TINHA MEDO DO ESCURO

Sasá era uma coruja diferente, ela tinha medo do escuro. Por isso, ela ficava em casa à noite e só passeava durante o dia.

– Como pode uma coruja ter medo do escuro? – perguntou o urubu.

– Eu ouço sons estranhos à noite e isso me apavora – respondeu Sasá.

Para ajudar a amiga a perder seu medo, os animais da floresta fizeram uma grande festa à noite e mostraram a Sasá que os sons estranhos que ela ouvia eram apenas os roncos dos animais que estavam dormindo. Depois disso, Sasá nunca mais teve medo do escuro.

22 setembro

O CONCERTO DO TATU

O tatu Caramelo estava muito animado com a chegada do seu aniversário. No dia da festa, ele faria uma grande surpresa aos seus amigos. Para isso, ficou vários dias em sua casa para se preparar. Na tarde da festa, os animais foram chegando, mas não encontraram Caramelo. De repente, ele saiu de dentro de sua casa tocando uma linda melodia em sua flautinha. Ninguém sabia que Caramelo tocava flauta! Foi uma surpresa maravilhosa, e o tatu ficou muito feliz por mostrar seu talento aos amigos.

23 setembro

RECEITA DE FAMÍLIA ★

Puqui era uma coelhinha muito apegada à família e adorava encontrar os primos nos almoços de domingo na casa da vovó. Eles passavam a tarde toda conversando, brincando e fazendo receitas deliciosas da vovó para o café da tarde.

– O que faremos hoje? – perguntou ela aos primos.

– Que tal os saborosos bolinhos de chuva? – respondeu um deles.

– Eu queria fazer o pão especial da vovó – disse Puqui.

Os primos riram e disseram para a coelhinha desistir, afinal, só a vovó sabia fazer aquele pão.

UM PÃO ESPECIAL

A vovó, que observava tudo de longe, esperou os netos saírem da cozinha e foi conversar com Puqui.

– Querida, não fique triste. Eu vou ajudar você a fazer o pão.

– Jura, vovó? Eba!

Puqui prestou muita atenção em cada passo e ingrediente da receita. No final da tarde, ela chamou os primos que brincavam no quintal e eles nem acreditaram quando viram o delicioso pão. A coelhinha ficou feliz por ter aprendido uma receita tão especial e assim foi mais uma tarde alegre na casa da vovó.

25 setembro

O PEQUENO VALENTE★

O esquilo Valente era chamado assim porque sempre foi muito corajoso. Apesar de ser pequeno, Valente não tinha medo de nada. Ele já havia roído uma corda muito grossa para livrar a zebra de uma armadilha e também havia escalado a árvore mais alta da floresta para retirar o bem-te-vi que ficou preso no ninho.

– Quando eu crescer, quero ser igual a você, Valente – disse o filhote do coelho.

– Eu fico feliz em ser um bom exemplo, pequenino – respondeu Valente.

Sempre que precisavam de ajuda, os animais chamavam Valente.

26 setembro

RECONHECENDO A CORAGEM

A valentia do esquilo incomodava o leão. O rei da floresta não gostava de ver um esquilo ser admirado por todos.

– Esse Valente não é de nada – disse o leão.

– Não fale isso, você pode precisar dele – falou a cobra.

Naquela mesma tarde, o leão espetou sua pata em um espinho e a dor era tanta que ele não conseguia nem se mexer. Valente estava passando justo na hora e retirou o espinho da pata do rei da floresta. O leão ficou muito grato e deu a Valente a medalha de animal mais corajoso.

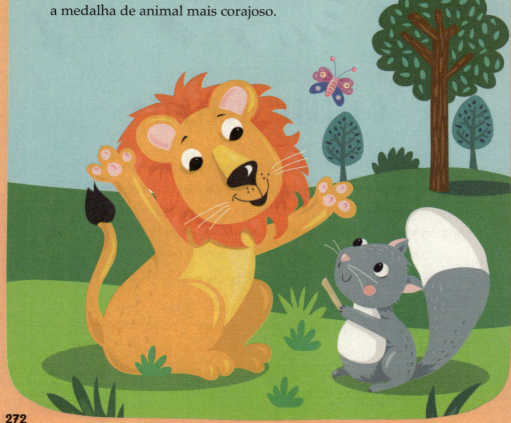

27 setembro

GOL

    Durante as férias, o cãozinho Dodó corria todos os dias para o quintal e brincava com sua bola de futebol. Até que um dia, a bola caiu na casa dos novos vizinhos. Quando foi buscá-la, uma gatinha estava vindo lhe entregar. O nome dela era Linda.

    – Posso brincar com você? – Linda falou.

    – Hum, pode! – Dodó respondeu.

    Linda era uma ótima jogadora. Ela ensinou vários dribles para o cãozinho e os dois se divertiram muito juntos. Quando as aulas recomeçaram, eles entraram para o time de futebol da escola!

28 setembro

MUITA IMAGINAÇÃO

Fafi e Lisa estavam desenhando na sala:

– Olha, Lisa, já terminei meu desenho.

– Ficou bonito. Mas existe céu colorido, Fafi?

– Existe sim, é a aurora boreal. Lisa, a gente pode desenhar o que quiser.

– Eu posso pintar minha árvore de roxo?

– Claro que pode. Eu vou pintar a neve do meu desenho de cor-de-rosa.

– Neve cor-de-rosa? Você é engraçada, Fafi.

– Na nossa imaginação existe tudo que a gente sonhar – sorriu a pequena pinguim.

29 setembro

A FORMIGA QUE QUERIA SER CANTORA★

A formiga Zuca sonhava em ser famosa para fazer sucesso no jardim, por isso, ela foi ter algumas aulas de canto com a cigarra para se tornar uma cantora. Acontece que Zuca era bem desafinada, e a dona cigarra não sabia o que fazer para ajudá-la.

– Você tem certeza de que quer ser cantora, Zuca? Talvez, você pudesse ser outra coisa – recomendou a cigarra.

– De jeito nenhum! Eu quero ser muito famosa e você precisa me ajudar – insistiu Zuca.

Depois de quase um mês de aula, a formiga continuava cantando mal.

30 setembro

O TALENTO DE ZUCA

Zuca já estava quase desistindo de fazer parte do mundo da fama, afinal, não era nada fácil aprender a cantar. Certo dia, enquanto esperava a cigarra para a aula no estúdio, Zuca colocou uma música e começou a dançar. Quando a cigarra chegou e viu a formiga dançando, ela disse com empolgação:

– Já sei como você pode ficar famosa, Zuca! Você vai participar do concurso de dança do jardim.

Zuca seguiu o conselho da cigarra e acabou sendo a campeã do concurso, realizando seu grande sonho.

01 outubro

DIA DE ALEGRIA

O ursinho polar Tuco vivia em uma grande aldeia repleta de neve e achava estranho o fato de os ursos adultos estarem sempre mal-humorados.

– Papai, por que os outros ursos vivem emburrados? – perguntou Tuco.

– Filho, nós vivemos no meio da neve, então, é difícil ficar de bom humor nesse ambiente gelado – explicou o papai urso.

Tuco achava que morar na neve não era motivo para ficar bravo. O ursinho foi dar uma volta e conheceu outro filhote, Ticato, que pensava da mesma forma.

– Eu não quero ser um urso mal-humorado – disse Ticato.

– Eu também não! Mas acho que podemos mudar isso – falou Tuco.

Os dois ursinhos foram para o centro da aldeia e começam a escorregar por uma grande montanha de gelo. Quanto mais eles escorregavam, mais se divertiam e gargalhavam. Aos poucos, a alegria de Tuco e Ticato começou a contagiar os ursos adultos e eles passaram a sorrir, alguns até brincaram de escorregar.

Depois daquele dia alegre, a aldeia dos ursos ganhou um brilho especial e eles perceberam que não precisavam de muito para serem felizes.

02 outubro

UMA SURPRESA NO CAMINHO*

A abelha Flor era chamada assim porque adorava passear em meio às flores. Certo dia, ela decidiu visitar suas amigas que moravam do outro lado da floresta. O caminho até lá era um pouco longo, mas como Flor queria chegar rápido, ela decidiu pegar um atalho escuro.

Enquanto voava para a casa das amigas, Flor avistou uma linda plantação de girassóis como nunca havia visto antes. Foi assim que ela encontrou um pássaro de asas enormes que todos diziam ser o monstro da floresta.

03 outubro

A LIÇÃO DE FLOR

— Olá, pequenina abelha! É impressão minha ou você está perdida e sozinha? – perguntou o pássaro.

— Na verdade, eu estou indo visitar algumas amigas no final da floresta. Mas não estou perdida e nem sozinha. Minha amiga águia está bem aqui por perto – disse Flor com convicção.

O pássaro acreditou na história que a abelha inventou e, como tinha medo de águias, ele foi embora na hora. Depois daquele dia, Flor aprendeu a sempre fazer o caminho mais longo e seguro, mesmo que fosse mais demorado.

04 outubro

O REI DA SELVA

O leão Leléu era o rei da selva e, por isso, achava que não precisava fazer nada, nem ajudar os outros animais. Leléu passava os dias passeando enquanto os outros bichos protegiam e cuidavam da selva.

Certo dia, uma tempestade de areia se aproximou e todos os bichos correram para se abrigar, mas Leléu não sabia o que fazer, afinal, ele nunca fez nada. A zebra abrigou o leão e, depois desse dia, o rei da selva passou a ajudar os outros animais e aprendeu a importância da colaboração para sobreviver.

05 outubro

UM DIA CHUVOSO

A joaninha Lizi saiu de casa animada para passear, mas ela mal voou até o grande girassol, quando gotas de chuva começaram a cair. Depressa, a pequenina se escondeu debaixo das folhas da roseira, onde conheceu a abelha Benina. Enquanto conversavam, a formiguinha Poli, amiga de Benina, convidou-as para tomarem um lanche até a chuva passar. Juntas, as três se divertiram muito abrigadas dentro do formigueiro. No fim da tarde, Lizi voltou para sua casa muito feliz por toda aquela chuva, pois além de molhar todo o jardim, ainda a ajudou a fazer novas amigas!

06 outubro

O MORCEGO QUE QUERIA SER MÚSICO★

O sonho do morcego Rufus era fazer parte da banda de morcegos da floresta. Eles eram famosos e se apresentavam em todas as festas, os animais adoravam a música deles.

Desde filhote, Rufus tentou aprender a tocar vários instrumentos para conseguir entrar na banda. Ele começou pela guitarra, mas achava difícil aprender as notas. Depois, tentou a bateria, porém não tinha muita coordenação motora. Por fim, Rufus quis aprender a tocar piano, mas ele confundia as notas e não saía nada com nada.

07 outubro

ENCONTRANDO O TALENTO

Rufus conversou com os morcegos da banda e disse que queria fazer parte da turma, mas explicou que não sabia tocar nenhum instrumento.

– Mas isso não é problema, amigo. Aliás, nosso vocalista precisou migrar para outra floresta. Que tal você cantar para conhecermos sua voz? – sugeriu o guitarrista.

Rufus aceitou o desafio e cantou uma de suas músicas preferidas da banda. Os morcegos adoraram a voz de Rufus e ele realizou o sonho de fazer parte da banda tornando-se o vocalista.

08 outubro

O RATO SOLITÁRIO ★

O rato Celo morava no porão de um teatro abandonado havia muitos anos. Apesar de gostar de viver sozinho, às vezes o ratinho sentia falta de alguém para conversar. Quando saía para rua em busca de comida, Celo conversava com os ratos que encontrava.

– Como estão as coisas? Alguma novidade? – perguntou ele a outro rato.

– Sim! Estão dizendo que tem um gato muito estranho por aí. Tenha cuidado, Celo – disse o rato.

Celo voltou para o porão, mas não se preocupou, pois era difícil outro animal entrar lá.

09 outubro

UMA AMIZADE INUSITADA

Os dias se passaram e Celo notou que alguém estava roubando seu queijo. Ele se escondeu para pegar o ladrão. Celo ficou surpreso quando flagrou o tal gato comendo o queijo. O ratinho se encheu de coragem e foi falar com ele.

– Sei que você não gosta de ratos, mas pode largar meu queijo – disse Celo.

– Encontrei um amigo, eba! Eu sou um gato diferente e só quero um abrigo – falou o gato.

Como já estava cansado de viver só, Celo deixou o gato morar no porão e eles se tornaram grandes amigos.

10 outubro

ESCORREGANDO NO ARCO-ÍRIS

– Um arco-íris! – a rata Zitinha exclamou, apontando alegremente para o céu.

No mesmo instante, Zitinha e seus irmãos Zezo e Zito saíram correndo, pisando nas poças de água formadas pela chuva. Naquele dia, eles foram até o alto da montanha. Então, deram as mãos, fecharam os olhos e... Iupiiii! Eles sorriam enquanto escorregavam entre as nuvens pelas cores do arco-íris.

– Podemos fazer de novo? – Zito pediu.

– O arco-íris está sumindo. Mas quem sabe amanhã não aparece outro? – sorriu Zezo.

11 outubro

SESSÃO ÁLBUM DE FIGURINHAS

Bibo olhava gibis na banca de jornal, quando Gael chegou para comprar figurinhas para seu álbum. Gael abriu o envelope para conferir as figurinhas e não percebeu que uma delas caiu. Bibo viu e notou que era a última que faltava para completar o seu álbum. Sem titubear, chamou Gael e lhe entregou a figurinha caída.

– Obrigado! Só falta a 40 para finalizar meu álbum.

– Eu tenho a 40 repetida! Vamos trocar?

Além de conseguirem completar seus álbuns, Bibo e Gael ficaram muito amigos.

12 outubro

CACHORRO ESPERTO★

Samuca era um cachorro muito metido a esperto. Ele ficava vigiando os outros cães esconderem seus ossos no parque e depois desenterrava cada um para levar para o seu esconderijo.

– Você sabe que isso está errado, não é, Samuca? – questionou o passarinho que via tudo de cima da árvore.

– Por que eu vou me esforçar se posso conseguir tudo com facilidade, passarinho? O mundo é dos espertos! – respondeu Samuca.

O cachorro nem se preocupava, ele se achava o mais esperto de todos os cães do bairro.

13 outubro

NEM TÃO ESPERTO

Samuca guardava todos os ossos que roubava em seu esconderijo e tinha certeza de que ninguém nunca conseguiria encontrá-los. Mas, certo dia, o cachorro ficou surpreso ao chegar no lugar secreto e ver que não havia mais nenhum osso por lá. Samuca perguntou ao passarinho se ele sabia de alguma coisa.

– Eu sei o que aconteceu, sim. Um cachorro mais esperto do que você descobriu seu esconderijo e roubou seus ossos – disse o pássaro.

Daquele dia em diante, Samuca nunca mais roubou o osso dos outros cães.

PERDIDA NA FLORESTA ★

    Dete era uma filhote de raposa que havia se perdido de sua família na floresta. Nos primeiros dias sozinha, Dete sentiu muito medo e caminhou por horas até encontrar uma pequena casa. Ela bateu na porta e um simpático casal de castores atendeu. Depois que Dete contou-lhes o que havia acontecido, eles abrigaram a raposa com muito carinho.

    Os dias se passaram e, como Dete não conseguiu encontrar sua família, ela ficou morando com os castores e eles cuidaram muito bem dela.

15 outubro

OS QUERIDOS AMIGOS

Todas as manhãs, os castores saíam para colher alimentos. Enquanto isso, Dete ficava cuidando da casa para eles.

Certo dia, enquanto pegavam algumas frutas, os castores encontraram um casal de raposas que estava à procura da filha desaparecida. Logo, os castores imaginaram que se tratava de Dete.

Os pequeninos levaram os pais da raposa até ela e todos se emocionaram com o reencontro. Os pais de Dete ficaram muito gratos aos castores por terem cuidado de sua filha e eles se tornaram grandes amigos.

16 outubro

UMA DOAÇÃO ESPECIAL

Pampinho estava arrumando a montanha de brinquedos espalhados em seu quarto quando sua mãe falou:

— Por que você não separa os brinquedos que não brinca mais para doação, filho? Podemos levá-los para o Lar da Vovó Gansa no domingo.

O gansinho gostou da ideia e separou vários, afinal outros podiam aproveitá-los melhor que ele. No dia combinado, eles foram ao orfanato e os filhotes fizeram uma festa com os brinquedos doados. Pampinho brincou com os novos amigos e ficou feliz em deixá-los alegres.

17 outubro

OS DIAS DE LANA

A abelha Lana fazia as mesmas coisas todos os dias: voava pelo jardim, tirava o néctar das flores e voltava para casa.

A aranha Mimi perguntou à amiga se ela não se cansava de fazer exatamente as mesmas coisas todos os dias, e Lana respondeu:

– De jeito nenhum, Mimi. Eu não me canso porque faço tudo com muito carinho e faço o que gosto. Meus dias podem até parecer iguais, mas eles são sempre diferentes e únicos.

Então, Mimi aprendeu que o importante é sempre fazer as coisas com dedicação.

18 outubro

O LABIRINTO ENCANTADO*

 O leãozinho Léo e o pequeno tigre Téo sonhavam viver uma aventura, até que um dia encontraram uma enorme parede feita de gravetos e folhas na floresta.

 Um pouco adiante Léo viu uma abertura, como uma porta, e lá dentro outra grande parede de folhas. Curioso, ele entrou. Téo também encontrou outra maneira de atravessar a muralha, passando por um buraco perto do chão. Assim, os dois amigos se separaram. Eles não imaginavam que estavam entrando no labirinto encantado.

19 outubro

BRINCANDO NO LABIRINTO

Léo e Téo estavam animados por terem descoberto um lugar tão incrível, então corriam por toda parte, imaginando viver aventuras diferentes: Léo vencia animais ferozes e Téo descobria lugares mágicos.

Mas o tempo passou e as brincadeiras deixaram de ser tão divertidas. Foi quando Téo e Léo desejaram: – Ah, como eu gostaria que meu amigo estivesse aqui comigo...

De repente, os dois se encontraram no fim do labirinto e ficaram felizes por terem vivido tantas aventuras naquele lugar mágico.

20 outubro

TICA APRENDE A NADAR

Era verão e a hipopótamo fêmea Tica estava se preparando para dar seu primeiro mergulho. Porém, quando pensava nisso, tremia de medo.

No dia do grande evento, ela e outros hipopótamos estavam na beira do rio. Percebendo o medo de Tica, Jati, o peixinho, disse a ela:

– Eu posso ajudar você. É só tapar bem o nariz e boiar!

– É fácil falar quando você já nasceu dentro da água – disse Tica, agitada.

Depois de hesitar, Tica mergulhou. Jati deu-lhe muitas instruções e Tica conseguiu superar seu medo.

21 outubro

CEREJEIRA DA AMIZADE

Beijinho vivia entre as cerejeiras de um parque da cidade. Era uma festa de flores cor-de-rosa delicadas. Certa vez, Beijinho viu um esquilo correndo de um lado para o outro embaixo das árvores:

– O que está fazendo, esquilo?

– Descobri que se uma flor cair sobre minha cabeça, vou ter muita sorte durante o ano.

– Ah... – suspirou Beijinho. – Eu pensei que você estivesse procurando alguém para fazer amizade!

– Você quer ser minha amiga? Isso vai ser muito melhor do que toda sorte da flor!

22 outubro

A ABELHA PERDIDA ★

Todos os dias, a pequena abelha acordava cedo e passeava pelo jardim para colher o néctar das flores. Apesar de voar por todo o jardim, a abelha nunca havia ido muito longe. Certo dia, a pequenina avistou uma linda flor bem distante e voou até lá para provar de seu néctar. Na hora de voltar, a abelha se perdeu e não fazia ideia de como retornaria para sua casa.

Depois de voar em círculo várias vezes, a abelha encontrou a casa de uma formiga muito simpática e pediu ajuda a ela para voltar ao seu jardim.

23 outubro

VOLTANDO PARA CASA

— Eu posso ajudar você, mas como não sei voar, você terá que ir andando junto comigo – falou a formiga.

A abelha aceitou, mas depois de caminhar um bom tempo, a pequenina ficou cansada e teve uma grande ideia:

— Suba em minhas costas, amiga formiga. Você me guiará e chegaremos mais rápido e menos cansadas.

Depois de pouco tempo, as duas chegaram ao jardim da abelha e ela ficou muito grata pela ajuda da formiga. A abelha aprendeu a voar para mais longe e sempre que possível, visitava a formiga.

24 outubro

A MENTIRA TEM PERNA CURTA...

A centopeia Samy era muito simpática e prestativa com todos no jardim, mas ela tinha um pequeno defeito: adorava contar mentiras. Por esse motivo, nem todos acreditavam nas coisas que ela falava.

– Você sabia que eu já visitei uma floresta encantada cheia de fadas? – perguntou Samy à borboleta.

– Isso não pode ser verdade, Samy. Sua mãe disse que você nunca saiu do jardim – respondeu a borboleta.

Não adiantava, por mais que todos soubessem a verdade, Samy continuava inventando mentiras.

25 outubro

... E NÃO VAI MUITO LONGE

Certo dia, uma sábia passarinha disse a Samy que se ela continuasse contando mentiras, iriam aparecer bolinhas coloridas por todo o seu corpo. A centopeia não acreditou, mas foi só ela mentir que uma bolinha verde apareceu em sua cabeça. Ainda assim, Samy continuou mentindo e, no final do dia, seu corpo estava todo colorido.

Samy não gostou de ficar parecendo um arco-íris e se arrependeu de ter contado tantas mentiras. As bolinhas coloridas sumiram depois de alguns dias e Samy passou a falar só a verdade.

26 outubro

O PODER DA UNIÃO

    Elba, Shito e Tutinha estavam brincando de pega-pega. A enguia Elba era a pegadora da vez. Ela alcançou o baiacu Shito, mas deu-lhe um choque sem querer. Ele se assustou e bem naquela hora estava passando por uma pedra em forma de arco, então inchou e ficou entalado. Elba ficou nadando em círculos sem saber o que fazer. A esperta tartaruga Tutinha pediu calma e pediu que elas empurrassem Shito para livrá-lo da pedra. Dessa vez, Elba não deu choque em ninguém. Shito desinchou e conseguiu se libertar para continuar brincando.

27 outubro

LER PARA ESCREVER

A joaninha Pupi queria ser escritora, mas ela não gostava nem um pouco de ler.

– Como você quer escrever se não gosta de ler? – perguntou o professor vaga-lume.

– Oras, eu gosto apenas de escrever e para isso não preciso gostar de ler – respondeu Pupi.

Então, o professor explicou a Pupi que para ser uma escritora, ela também deveria ler, pois assim ela aprenderia a escrever da forma correta e desenvolveria sua criatividade conhecendo outras histórias. Assim, Pupi passou a ler muitos livros e adorou os contos que conheceu.

28 outubro

A GIRAFA VERDE★

Quando a girafa Alda nasceu, todos na floresta acharam ela bem diferente dos outros filhotes. Normalmente, as girafas têm grandes manchas marrons, mas Alda havia nascido com o corpo totalmente verde e isso tornou-a bem incomum.

Os outros filhotes não queriam brincar com Alda. O pequeno tigre disse que a girafa parecia mais um alienígena e o leãozinho falou que ela era muito desengonçada.

Cansada de ser desprezada, Alda arrumou suas coisas e foi embora da floresta.

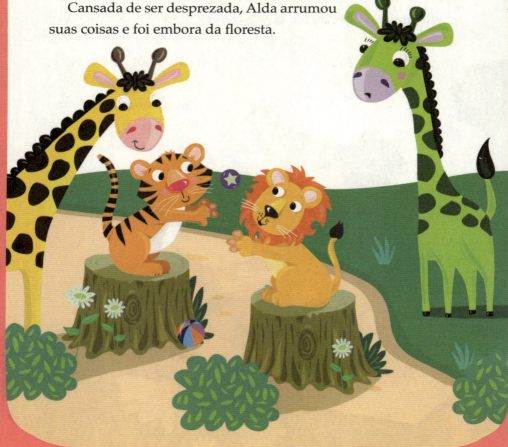

29 outubro

UM NOVO LAR

Alda andou por muitos lugares, mas ela não era bem recebida. Os animais diziam que a girafa era muito esquisita e não poderia ficar com eles.

Depois de algum tempo, Alda chegou até uma parte da floresta que parecia encantada de tão bonita. Lá, ela foi muito bem recebida e acolhida por todos.

Os outros animais não se importavam com a cor do pelo de Alda e achavam a girafa simpática, divertida e uma ótima amiga. Ali, Alda passou a viver muito feliz com seus novos amigos.

30 outubro

O GALO PINTOR★

Quando ainda era um pintinho, o passatempo preferido do galo Otis era fazer desenhos nas paredes do celeiro usando a lama do chiqueiro do porco. O cavalo percebeu que Otis tinha talento e, quando o pequenino se tornou um galo, o amigo deu-lhe uma paleta de tintas de presente.

– Viva! Poderei pintar os quadros com as cores mais incríveis – disse Otis.

– Agora, você pode soltar a sua imaginação e deixar toda a sua criatividade fluir para fazer os desenhos que quiser – falou o cavalo.

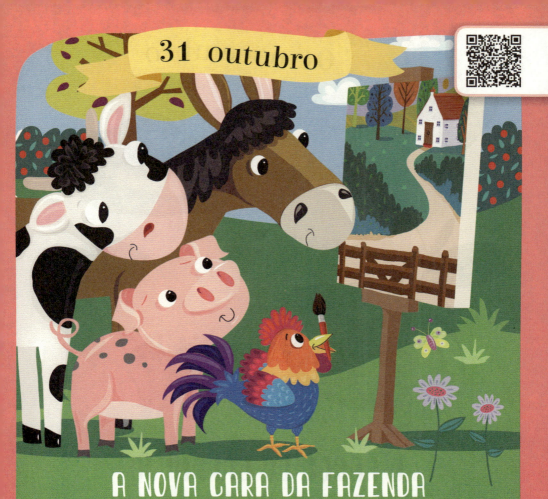

31 outubro

A NOVA CARA DA FAZENDA

Otis passou semanas pintando desenhos de todos os tipos, mas logo se cansou, afinal, ele já tinha usado todas as cores e quadros.

– Será que terei de voltar a pintar as paredes do celeiro? – perguntou Otis ao cavalo.

– Eu tenho uma ideia melhor. Por que você não pinta a fazenda? – sugeriu ele.

Otis adorou a ideia do amigo e pensou em muitas cores e tipos de desenho que poderia fazer. Dias depois, o galo havia terminado sua obra de arte e dado uma nova cara para a fazenda, que ficou incrível.

01 novembro

O CASCO DO CARAMUJO

O caramujo Tatay não gostava de seu pequeno casco e sonhava em morar em um casco grande, igual ao da tartaruga.

– Tatay, seu casco é muito elegante – disse a tartaruga.

– Mas eu queria morar dentro de um casco grande – lamentou Tatay.

Certo dia, a tartaruga saiu de seu casco e deixou Tatay entrar para ver como era. Porém, o caramujo sentiu-se sozinho por aquele imenso espaço. Então, Tatay concluiu que a natureza faz as coisas da forma correta, pois ele não conseguiria viver dentro de um casco tão grande.

02 novembro

A FORÇA DA UNIÃO

Bolongo era um hipopótamo muito gentil que ajudava os animais menores a atravessarem o rio. Porém, certo dia, após uma tempestade, ele mesmo não conseguiu chegar à outra margem porque a correnteza estava muito forte. Aos poucos, as águas começaram a levá-lo rio abaixo. Ao ver isso, o coelhinho foi pedir ajuda. Em pouco tempo, estavam reunidos todos os animais da floresta, desde as formigas até o leão. Juntos, usando um cipó, eles conseguiram resgatar Bolongo. Para comemorar, fizeram uma grande festa.

03 novembro

O GANSO DESASTRADO ★

Por todos os lugares que passava, o ganso Dingo deixava a sua marca, ou melhor, a marca do seu jeito desastrado de ser. O ganso era muito atrapalhado, ele ficava com as patas presas no cipó, enroscava o pescoço na cerca e nunca saía do celeiro sem derrubar alguma coisa.

– Será que um dia você será menos desastrado, Dingo? – brincou a dona ovelha.

A verdade é que Dingo não queria mais ser tão estabanado, mas também não sabia o que fazer, ele nunca conseguiu ser muito cuidadoso.

04 novembro

O AMOR RESOLVE TUDO

Os dias se passaram e uma nova moradora chegou na fazenda, era uma pata muito bonita e simpática. Dingo logo se apaixonou por ela, mas só de pensar em falar com a pata, ele já ficava nervoso e saía derrubando tudo que encontrava pela frente.

Um dia, Dingo tomou coragem e foi falar com sua amada. Depois de passarem uma tarde toda juntos na beira do lago, Dingo descobriu que a pata era tão desastrada quanto ele e, além de formarem um belo casal, eles aprenderam juntos a ser mais cuidadosos.

05 novembro

UM SONHO INCRÍVEL ⭐

O sonho da zebra Naná era viajar até a Lua. Alguns animais da floresta riam da cara dela, pois eles achavam o sonho de Naná um verdadeiro absurdo. Já os amigos da zebra achavam incrível ela sonhar com algo tão extraordinário e diziam para ela não desistir de alcançar o seu objetivo.

– Eu acho que podemos ser tudo, basta acreditar – falou a leoa.

– Você tem toda razão! É por isso que eu não desisto de realizar o meu grande sonho – disse Naná.

A zebra passava noites em claro observando a imensa Lua.

06 novembro

A VIAGEM DE NANÁ

Certa noite, enquanto olhava o céu, Naná viu uma estrela cadente e fez o pedido. Naquele mesmo instante, uma luz muito forte veio direto do céu e levou Naná até a Lua. A zebra quase não acreditava que havia realizado o seu grande sonho, ela flutuou pela Lua e observou a Terra lá de cima.

No dia seguinte, Naná contou aos animais o que havia acontecido. Aqueles que sempre riam dela duvidaram de sua viagem, então, ela mostrou a eles uma pequena estrela que a Lua havia lhe dado e todos ficaram encantados.

07 novembro

COM MUITO CARINHO

A corça Luci passou correndo entre as árvores. Depois de pegar um pouco de água no rio, voltou para sua casa. Em seguida, ela correu até o grande carvalho e pegou alguns gravetos. Luci passou o dia todo assim, correndo de um lado para o outro da floresta. Seus pais ficaram curiosos, mas ela não revelou o mistério.

No dia seguinte, Luci levou seus pais até a clareira e mostrou-lhes o que havia preparado: uma linda escultura de barro em homenagem à sua irmãzinha que acabara de nascer!

08 novembro

UM SUSTO DIVERTIDO

O hamster Ziri foi passear na beira do lago e encontrou uma bola transparente de plástico um pouco maior do que ele. Havia um buraco na bola e Ziri, curioso, entrou por ali. No mesmo instante, ele saiu rolando para dentro do lago. O sapo Sam ouviu os gritos de Ziri e o empurrou de volta para a margem.

– Ufa, que susto! Obrigado por me ajudar. Será que podemos fazer de novo? – Sorriu o hamster animado para o sapo.

09 novembro

O HIPOPÓTAMO INDECISO★

Dandinho era um hipopótamo que estava sempre indeciso. Ele não decidia nem o que queria comer. Uma hora, ele escolhia uma coisa, mas logo em seguida já mudava de ideia.

– Acho que vou comer uma torta de legumes. Se bem que uma salada de folhas seria ótimo. Mas acho que quero comer alguma fruta – disse Dandinho.

– Essa sua indecisão ainda vai acabar colocando você em uma grande confusão – falou o elefante.

Mas Dandinho nem se importava e continuava tentando decidir o que fazer, para onde ir ou o que comer.

10 novembro

APRENDENDO

Certo dia, os animais da floresta se reuniram para brincar e Dandinho logo chegou com sua indecisão.

– Vamos brincar de amarelinha. Não! Vamos jogar bola. Não! Vamos brincar de esconde-esconde – falou ele.

Enquanto Dandinho pensou por horas do que queria brincar, os outros animais aproveitaram o tempo e brincaram de tudo. No final do dia, todos tinham se divertido muito, menos Dandinho. Daquele dia em diante, ele percebeu que deveria ser mais decidido, pois sua indecisão só iria prejudicá-lo.

URSINHOS AVENTUREIROS ★

Os ursos Tuca e Toti eram irmãos e adoravam explorar novos lugares, eles estavam sempre se aventurando.

– Tuca, qual novo lugar iremos conhecer hoje?

– O leão disse que existe uma caverna abandonada do outro lado da floresta, Toti, e há anos ninguém vai lá. Podemos ir até lá, o que acha?

– Iupi! Adorei a ideia, mas como faremos para não nos perdermos, Tuca?

– Isso é fácil! Nós podemos deixar algumas sementes de girassol pelo caminho para voltar para casa.

Assim, eles partiram para a grande aventura.

12 novembro

VOLTANDO PARA CASA

Tuca e Toti chegaram até a caverna e deixaram as sementes pelo caminho. Após explorarem o lugar, os ursinhos resolveram voltar, mas foram surpreendidos ao perceberem que os pássaros haviam comido todas as sementes.

– E agora, Tuca? Como voltaremos para casa?

– Eu tenho uma ideia! Podemos seguir nossas pegadas, afinal, se ninguém vem aqui há anos, não vão ter pegadas de outros animais.

Assim, os ursinhos conseguiram voltar para casa, mas aprenderam a ser mais cautelosos nas próximas aventuras.

13 novembro

CLIENTE EXIGENTE

A mamãe lebre levou Berel à sorveteria. Era a primeira vez que ele experimentaria sorvete de casquinha.

– Quais sabores você tem? – perguntou a mamãe lebre.

– Temos sorvete de cenoura, de beterraba, de alfafa, de alpiste – explicou Laticha, a atendente.

– Meu filho pode provar um de cada para ver de qual ele gosta mais?

Berel experimentou e escolheu o de cenoura. Ele saboreou o sorvete e depois que terminou, disse:

– Mamãe, estava uma delícia, mas eu gostei mesmo foi da casquinha.

14 novembro

A NOZ GIGANTE

Os ventos do final do outono começavam a soprar na floresta e os animais se preparavam para o inverno. O esquilo Joca queria encontrar uma noz gigante para garantir o alimento de sua família.

– Eu só voltarei para casa com essa noz – disse Joca.

– Isso é uma lenda, amigo. Desista! – falou a raposa.

Mas Joca era persistente e saiu confiante em busca da noz. Os dias se passaram e quando a neve começou a cair, Joca voltou para casa feliz com a noz gigante e todos na floresta comemoraram a coragem dele.

15 novembro

MUITO DESASTRADO ★

Pluf era um esquilo bastante desastrado, sempre deixava um rastro de desordem por onde passava. Um dia, ao entrar na sala de aula, a mochila dele enroscou no caderno da ratinha Fran, com isso, caíram também a mochila do coelho Lalau e os lápis da gambá Giza. Foi uma bagunça! Na hora de ir embora, Pluf ouviu os amigos falando sobre como ele era desastrado. O esquilo ficou triste e, ao tentar se afastar, acabou tropeçando em um galho que voou e caiu perto de onde os amigos estavam.

HERÓI POR ACASO

O coelho Lalau e a gambá Giza iam começar a discutir com Pluf quando a ratinha Fran interveio:

– Por favor, não briguem com ele! Na verdade, ele me salvou! Aquele formigueiro estava perto de onde eu ia me sentar, e eu tenho alergia a picadas de formigas! Imaginem o que aconteceria se eu sentasse ali!

– Desculpem-me, foi sem querer – Pluf falou.

– Certo, Pluf, você salvou o dia hoje! Mas será que você pode só prestar um pouco mais de atenção? – Sorriu a gambá Giza. Todos riram e foram brincar juntos.

17 novembro

GIRAFA RAJA E PASSARINHO SOLI

Certo dia, Raja passeava perto de algumas árvores, procurando folhas verdes, quando Soli, um passarinho, perguntou a ela:

— Como você consegue segurar essa cabeça em cima de um pescoço tão comprido e magrinho?

— Eu estou acostumada. O que quero saber é como o senhor fica voando e não cansa as asas.

Pensando sobre isso, Soli aprendeu que cada um tem um jeito de ser: Raja alcançava as melhores folhas do topo da árvore e ele, Soli, conseguia planar sem bater as asas, por isso não se cansava.

18 novembro

RATINHO LEOPARDO

A mãe de Letinho fez pão e o deixou esfriando na cozinha. Letinho foi beber água e viu o cheiroso pão em cima da mesa. Ele olhou para um lado, olhou para o outro, tirou um naco e saboreou-o. Mais tarde, o pai de Letinho chegou do trabalho. Ao passar pela cozinha, viu o buraco no pão e comentou:

— Acho que passou um ratinho por aqui.

A mãe de Letinho olhou para o pão, surpresa:

— Não, foi um filhote de leopardo faminto.

No jantar, Letinho ganhou justamente a fatia que estava com o buraco que ele havia feito mais cedo.

19 novembro

A IDEIA DE GAIA*

A girafa Gaia adorava viver grandes aventuras e ela não temia a nada. A zebra Suny era a sua melhor amiga e elas estavam sempre juntas, mas Suny não era tão aventureira. Certo dia, Gaia teve uma grande ideia.

– Suny, vamos fazer uma viagem ao centro da Terra? – convidou Gaia.

– Isso não é uma aventura, Gaia, isso é uma loucura. Não sabemos o que tem lá – respondeu Suny.

Mas Gaia insistiu e conseguiu convencer Suny. As amigas arrumaram suas coisas e partiram para a incrível viagem.

20 novembro

AMIGAS DE AVENTURA

Gaia e Suny chegaram ao centro da Terra e ficaram encantadas com tudo que havia lá. Elas conheceram outros animais. Depois de passarem alguns dias explorando aquele mundo novo, as amigas voltaram para a floresta e contaram aos outros animais sobre a grande aventura. Todos eles queriam conhecer o centro da Terra também.

Daquele dia em diante, Gaia e Suny tornaram-se guias de aventura dos animais da floresta e levavam todos para conhecerem lugares incríveis.

21 novembro

A TORTA DA RAPOSA ★

A raposa decidiu fazer uma torta de maçã e, para isso, precisava colher as frutas na macieira. Como era muito baixa, a raposa não alcançava as maçãs e pediu ajuda a outros moradores da floresta.

– Eu posso ajudar, com certeza. Adoro torta de maçã! – respondeu o macaco.

– Se você quiser, eu posso bater a massa, pois minhas patas são bem fortes – disse o leão.

Assim, cada bicho prometeu se empenhar da forma que fosse preciso para que a deliciosa torta ficasse pronta e todos pudessem comer.

22 novembro

A DOR DO EGOÍSMO

Com muito esforço, os animais ajudaram a raposa a fazer a tão desejada torta. A tartaruga e seus filhotes colheram as lenhas para colocar no forno. Depois que terminaram, a raposa colocou a torta para assar e os animais foram dar uma volta.

Assim que a torta ficou pronta, a raposa comeu tudo sozinha. Quando os animais chegaram, só havia restado migalhas, mas a raposa se deu muito mal porque ela teve uma terrível dor de barriga e aprendeu que deveria ter dividido a torta com os amigos.

23 novembro

NA CASA DO VOVÔ

Castorina gostava muito de visitar seu avô. Ele jogava bola e dominó com ela e lhe fazia um suco saboroso. Ele também brincava de "serra, serra, serrador" com a neta:

– Serra, serra, serrador, serra o papo do vovô. Quantas tábuas já serrou? Um, dois, três!

No três, o vovô deixava Castorina de ponta-cabeça e ela dava muitas gargalhadas. Castorina nem percebia o tempo passar enquanto brincava na casa do avô. Na hora de se despedir, ela ainda ganhava um beijo carinhoso:

– Eu amo você, Castorina.
– Eu também te amo, vovô.

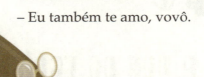

24 novembro

BOA NOITE, RINOTI

Todas as noites, Rinoti tinha terríveis pesadelos, e acordava assustado, chorando. Para tentar ajudar seu filhote, o papai hipopótamo comprou um grande livro azul e todas as noites lia uma história incrível para Rinoti. O pequenino adorou a ideia. Assim, quando o papai fechava o livro e lhe dava um beijo de boa noite, Rinoti se acomodava em sua cama e começava a imaginar como seria viver todas aquelas aventuras fantásticas. Assim adormecia e tinha sonhos maravilhosos.

25 novembro

O MONSTRO DA NEVE★

    O inverno havia chegado e a neve caía sobre o jardim. A formiga e a joaninha estavam aquecidas dentro de casa e observavam da janela o tapete branco que cobria a grama e todas as folhas e flores. Dizia uma antiga lenda que quando a neve caía, o monstro da neve saía andando pelo jardim usando uma capa preta para assustar quem se atrevesse a sair naquele frio.

    – Não podemos nem sonhar em sair de casa – falou a formiga.

    – É verdade! O monstro da neve deve estar por aí – disse a joaninha.

26 novembro

NEM TÃO ASSUSTADOR

A lenha da lareira havia acabado e as amigas tiveram de sair para pegar mais. Assim que colocaram as patinhas para fora de casa, as duas deram de cara com uma figura imensa vestida de preto e, quando se preparavam para correr, elas foram surpreendidas.

– Eu sou o grilo madeira e saio distribuindo lenha no inverno. Posso ajudá-las? – falou o grilo.

As duas caíram na gargalhada e, depois de aceitarem a lenha, as amigas se convenceram de que o monstro da neve não passava de uma lenda.

27 novembro

A SABEDORIA DE FAÍSCA ★

O cavalo Faísca era muito sábio e vivia passeando de fazenda em fazenda para ajudar os animais que precisam resolver algum problema, parecia até que o cavalo tinha solução para tudo.

Certo dia, os animais da fazenda Sol da Manhã chamaram por Faísca, pois eles queriam descobrir quem estava roubando toda a comida.

– O milho desapareceu da nossa despensa feito mágica – falou a galinha.

– O queijo também sumiu do dia para a noite – falou a vaca.

Faísca já começava a fazer ideia do que estava acontecendo.

28 novembro

A RAPOSA ARREPENDIDA

Faísca passou a noite na fazenda, pois ele sabia que descobriria quem era o ladrão se ficasse escondido.

Quando a noite caiu, Faísca se escondeu atrás do celeiro e esperou o espertalhão agir. No meio da madrugada, o ladrão apareceu, ou melhor, a ladra, pois era a raposa quem estava roubando os alimentos.

Faísca pegou-a no flagra e acordou todos os animais para mostrar quem era a ladra. O cavalo deu uma bronca na raposa, que prometeu nunca mais pegar nada. E, assim, Faísca desvendou mais um grande mistério.

29 novembro

FLORES SALVADORAS

Tamara colhia flores em um lindo dia de sol. Distraída, ela não percebeu uma bicicleta se aproximando em alta velocidade. Tamando, que guiava a bicicleta, quase não conseguiu parar e, para não machucar a amiga, ele mudou a direção e foi parar direto sobre as flores.

– Por que tanta pressa, Tamando?

– Desculpe, Tamara. Estava tentando quebrar meu próprio recorde de velocidade, mas acho que não foi uma boa ideia. Ainda bem que as flores são macias. Terei mais cuidado da próxima vez.

Tamando deu uma carona para Tamara até sua casa e prometeu pedalar com mais cuidado.

30 novembro

BELO DIA

Toni foi à praia pela primeira vez. Ele ficou emocionado ao ver o mar e, ao mesmo tempo, com receio. O mar era tão grande! Papai tigre o tranquilizou, pegou-o no colo e o levou até a água. Depois, papai ensinou Toni a fazer um castelo de areia. Na hora do almoço, comeram sanduíches e beberam suco. Em seguida, Toni caminhou com a mamãe para recolher conchas. Toni se divertiu muito! Ao voltarem para casa, cansado, Toni adormeceu ouvindo o mar na linda concha que sua mãe havia encontrado na praia.

O VENDEDOR JUNO★

O esquilo Juno era um vendedor muito famoso. Ele vendia de tudo e os animais adoravam comprar as coisas dele.

– Quem quer comprar uma bexiga de três cores? E um apito para espantar caçador? Também tem uma pipa que voa até a Lua! – disse ele anunciando seus produtos.

– Você é o melhor vendedor de todos, Juno. Ninguém conseguiria ser tão criativo – falou a borboleta.

Mas parece que a chegada do coelho Sebá estremeceu um pouco a fama de Juno. O coelho vendia até ar enlatado de tão criativo que era.

02 dezembro

UMA DUPLA DE SUCESSO

Juno perdeu alguns de seus clientes por conta do concorrente Sebá e isso o deixou muito triste. Sebá era um excelente vendedor mesmo, mas quando ele ficou sabendo da tristeza de Juno, o coelho foi conversar com ele:

– Juno, me desculpe. Eu não queria prejudicar você. E se nós vendêssemos juntos? – propôs ele.

– Você jura? Eu acho ótimo! Nós vamos arrasar juntos – concordou Juno.

Assim, o esquilo e o coelho uniram seus talentos, montaram a loja mais fantástica da floresta e fizeram grande sucesso.

03 dezembro

MUNDOS DIFERENTES★

Os esquilos Dumbi e Teteu eram muito amigos, mas eles moravam bem longe um do outro. Dumbi morava na floresta e havia crescido em meio a grandes animais, como leões, tigres e zebras. Já Teteu morava no jardim e seus vizinhos eram abelhas, passarinhos, formigas, enfim, bichos bem menores.

Mesmo assim, os dois sempre se encontravam na divisa da floresta com o jardim quando estavam procurando por nozes e eles ficavam horas conversando sobre como era a vida em cada um dos lugares em que viviam.

04 dezembro

UM CONVITE ESPECIAL

Dumbi queria saber como era a vida de Teteu no jardim. Teteu adorou a ideia do amigo e sugeriu que eles passassem metade do dia juntos em cada lugar para conhecerem os lares de cada um.

Dumbi adorou ver tantas aves coloridas e seres tão pequeninos pelo jardim, já Teteu ficou encantado com o tamanho dos leões e dos tigres na floresta.

No final do dia, os amigos estavam felizes e aprenderam duas coisas importantes: o privilégio de conhecer outros lugares e a importância de valorizar o próprio lar.

05 dezembro

PIQUENIQUE NA SELVA

A tigresa Dinda decidiu fazer um piquenique. Saiu de sua casa levando uma cesta e algumas frutas.

– Posso ir com você? – perguntou a leoa. – Levarei um bolo.

– Eu também posso ir? – falou o rinoceronte. – Vou preparar o suco.

– Eu quero participar também! – exclamou a zebra. – Fiz sanduíches.

Por onde passava, Dinda encontrava alguém, que logo se juntava a ela. Quando chegou à clareira, ela estava rodeada de vários amigos e um enorme banquete. Com certeza, foi um piquenique muito melhor do que ela havia imaginado!

06 dezembro

O RATINHO MIÚ

Miú nasceu em uma família nobre e, ao contrário de seus irmãos, grandes ratos, ele era pequenino. Tão pequenino que passou a ser chamado de Miú.

Por ser muito inteligente, aos 5 anos ele foi nomeado ajudante de seu pai, o rei. Isso deixou alguns ratos com ciúmes. Eles tramaram para que Miú ficasse em maus lençóis, fazendo trabalhos errados em seu nome.

Como Miú era muito astuto, decidiu que iria filmá-los. Assim, Miú conseguiu provar que não havia feito nada de errado e conquistou o respeito de todos no reino.

07 dezembro

MISTÉRIO NO JARDIM★

A borboleta Lina era muito curiosa e gostava de observar tudo o que acontecia no jardim. Certo dia, ela notou algumas pegadas diferentes espalhadas entre as margaridas.

– Eu penso que tem alguma coisa estranha acontecendo no jardim – disse Lina.

– Você está sempre encontrando coisas estranhas, Lina. Isso não é nenhuma novidade – falou a abelha.

Mas Lina sabia que aquelas pegadas pequeninas não eram de nenhum morador do jardim e ela não sossegaria até conseguir desvendar aquele grande mistério.

08 dezembro

A BORBOLETA DETETIVE

Lina notou que as pegadas sempre apareciam pela manhã, então, ela se escondeu durante a noite e descobriu quem eram os visitantes misteriosos.

– Gnomos! Então as pegadas são de vocês?! – disse Lina.

– Sim! Nós estamos procurando um novo lar. Será que podemos ficar? – perguntou um deles.

– Claro que podem – afirmou Lina.

No dia seguinte, a borboleta apresentou os gnomos aos moradores do jardim e todos deram as boas-vindas a eles. Daquele dia em diante, ninguém nunca mais duvidou das investigações de Lina.

09 dezembro

PREPARANDO O LAR★

Todos os dias a aranha Gigi tecia um pouco de sua teia para a chegada dos queridos filhotes. Fazia chuva ou sol, lá estava ela cuidando de tudo com carinho.

– Gigi, sua casa está ficando bonita, mas tenha cuidado. Você sabe que a borboleta desastrada se enrosca em tudo que vê pela frente e será muito fácil ela ficar presa em sua teia – aconselhou o grilo.

– Pode deixar, amigo! Vou dar um jeito de a borboleta nem passar aqui por perto – garantiu Gigi.

Assim, a aranha continuou tecendo sua grande teia.

A BORBOLETA DESASTRADA

    Dias depois, quando a teia de Gigi já estava quase pronta, ela fez uma placa onde escreveu: "Cuidado! Teia à frente" para alertar a borboleta.

    – Pronto! Agora a desastrada não vai ficar enroscada – disse Gigi.

    Minutos depois, a borboleta passou voando toda desgovernada e por pouco não bateu na placa.

    – Nossa, Gigi, ainda bem que você me alertou! Prometo que tentarei ser mais cuidadosa com meus voos – falou a borboleta.

    Assim, a teia de Gigi se manteve inteira para a chegada dos filhotes.

11 dezembro

O CASAMENTO DO GATINHO MOU

Mou era um gatinho muito inteligente e honesto, que fazia de tudo para ajudar seu povoado. Por conta disso, confiavam muito nele.

Certa tarde, Mou recebeu alguns camponeses muito pobres e deu a eles alguns animais e plantas para criarem. O que ele não sabia é que os camponeses eram, na verdade, nobres de outro reino. Os camponeses puderam comprovar sua bondade e o casaram com sua filha, princesa Guel, a mais linda do reino. Desse modo, Mou tornou-se um príncipe muito justo.

12 dezembro

A ABELHA MANDINHA

Mandinha, além de ser uma abelha, era uma fada muito desastrada. Outros animais diziam que ela havia transformado, por engano, uma menina em sapo. Isso a entristecia.

Para provar que estavam enganados, Mandinha preparou uma poção nova. Ela queria fazer chover flores na cidade mágica.

Em uma tarde, quando todos estavam reunidos na praça, Mandinha jogou sua poção nas nuvens. Porém, em vez de chover flores, choveram morangos!

Seus amigos gostaram muito da surpresa e correram a dar os parabéns pela ótima ideia!

13 dezembro

O SONHO DE ZULI*

A Fazenda do Sol era um lugar lindo. Lá, o sol brilhava forte quase o ano todo, às vezes chovia, mas nunca havia nevado naquele lugar. O cavalo Zuli era um dos ilustres moradores da fazenda e o grande sonho dele era poder ver e tocar a neve.

– Zuli, desista! Aqui não faz nem frio direito, imagina cair neve! – afirmou a galinha.

– É o meu sonho e eu não vou desistir dele. Um dia, você verá a neve cair sobre a Fazenda do Sol – falou Zuli.

Dia após dia, o cavalo imaginava como seria incrível cavalgar sobre a neve.

14 dezembro

FLOCOS GELADOS

Tempos depois, Zuli acordou e sentiu uma sensação diferente. Ele saiu do celeiro, olhou para o céu, mas não viu o sol brilhando forte, pelo contrário, o céu estava branco feito algodão, repleto de nuvens. Naquele instante, Zuli sentiu pequenos flocos de neve caírem em sua crina. Quando o cavalo percebeu que aquilo era a neve, chamou todos os animais e disse, muito alegre:

– Meu sonho se tornou realidade!

Os animais ficaram encantados com a paisagem diferente e apreciaram aquele dia atípico.

15 dezembro

BURACOS NO JARDIM ★

O tatu precisava de uma toca para morar e, por isso, saiu cavando vários buracos por todo o jardim.

— Tatu, desse jeito será impossível andar pelo jardim, vamos cair toda hora nesses buracos – falou o coelho.

— Desculpe-me, mas eu só fiz isso porque toda vez que cavo um buraco, o esquilo vem e tapa com terra. Por isso, fiz vários, assim não corro o risco de ficar sem casa – explicou o tatu.

Então, o coelho decidiu conversar com o esquilo, afinal, eles precisavam entrar em um acordo.

16 dezembro

UM BOM ACORDO

O coelho encontrou o esquilo justamente jogando terra nos buracos e quis saber por que ele estava fazendo aquilo.

– Eu sempre caio nesses buracos quando estou correndo atrás de uma noz – disse o esquilo.

O coelho entendeu que havia uma grande confusão entre os amigos e conversou com eles.

– Tatu, você fará apenas um buraco, certo? E esquilo, você não tapará esse buraco, pois é a casa dele – explicou o coelho.

Os amigos entraram em um acordo e, depois daquele dia, tudo voltou ao normal no jardim.

17 dezembro

O MACAQUINHO FLI

Fli era um macaquinho muito curioso. Todos os dias estava em busca de algo novo e interessante na selva.

Certo dia, Fli perseguia uma borboleta azul-brilhante e foi se afastando de sua casa. Ao chegar em uma clareira, a borboleta transformou-se em um grande elefante branco e disse:

– Eu sou o guardião da floresta e cuido dos animais. Vi que você é muito curioso e, por isso, acaba se distraindo. Muito cuidado!

Então, Fli deu-se conta de que precisava tomar mais cuidado. Agradeceu o elefante e voltou para casa.

18 dezembro

SU, A COBRA

Su era uma cobra com a pele muito verde. Certa vez, Su estava descansando sob uma árvore, quando um elefante passou. Por ser muito grande, não a notou e acabou pisando em sua cauda.

– Ai! – gritou Su, lá do pé da árvore.

– Quem está aí? – perguntou o elefante.

– Sou eu, a Su!

O elefante, vendo que, por conta de seu tamanho e falta de atenção, machucou um animal amigo, pediu desculpas:

– Prometo que daqui para frente sempre tomarei cuidado com os bichinhos menores! Desculpe-me!

E passou a proteger Su.

19 dezembro

A MELHOR EM TUDO

A raposa Nora era muito simpática, mas também era um tanto quanto convencida. Ela se achava a melhor em tudo e, se alguém dissesse que sabia fazer alguma coisa, ela dizia que poderia fazer ainda melhor.

– Eu sou a melhor cozinheira da floresta, sou a mais rápida entre todos os animais e ninguém é mais inteligente do que eu – disse ela convencida.

– Um dia, Nora, você encontrará alguém melhor do que você em alguma coisa – falou a coruja.

– Eu duvido muito que isso aconteça – retrucou Nora.

20 dezembro

NEM SEMPRE...

Certo dia, uma nova moradora chegou na floresta, era uma lebre bem invocada. Ela chegou dizendo que sabia fazer tudo que os animais pudessem imaginar e Nora não gostou nem um pouco. Por conta disso, a raposa desafiou a lebre numa corrida.

Os animais se reuniram para assistir à disputa e a lebre ganhou com folga de Nora.

– Não disse que um dia você encontraria alguém melhor do que você?! – falou a coruja.

Depois daquele dia, Nora reconheceu que não é possível ser a melhor em tudo.

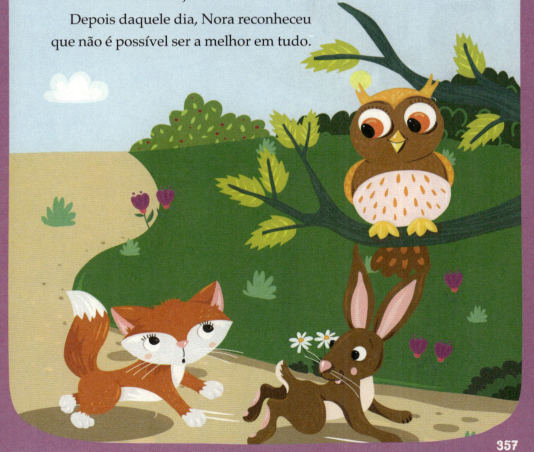

21 dezembro

O BANHO DE GIGIO ★

O hipopótamo Gigio gostava muito de tomar banho no rio, ele fazia a maior festa e, por ser muito grande, quando pulava no rio, jogava água para todos os lados.

— Quando você vem tomar banho, até quem já está limpo acaba se lavando de novo, Gigio – brincou o jacaré.

— Eu adoro ficar limpinho e cheiroso, por isso tomo banho todos os dias – disse o hipopótamo.

Naquele dia, Gigio brincou e se divertiu tanto no rio que nem percebeu que o nível da água estava bem abaixo do normal.

22 dezembro

UNINDO AS FORÇAS

Na manhã seguinte, Gigio acordou assustado com os gritos do jacaré. Mesmo um pouco distante do rio, o hipopótamo conseguia ouvir o amigo chamando por ele. Gigio correu até a margem e perguntou ao jacaré o que estava acontecendo.

– A barragem do rio está quase se rompendo, Gigio. Se isso acontecer, ficaremos sem água – explicou ele.

Mais do que depressa, Gigio reuniu todos os animais e, juntos, eles conseguiram consertar a barragem e evitar que o hipopótamo ficasse sem o seu banho e a floresta toda sem água.

23 dezembro

JOREL, O SAPO

Jorel era um sapo muito cuidadoso. Ele sempre criava enfeites para tornar a lagoa, sua casa, um lugar mais agradável.

Certo dia, quando estava recolhendo algumas margaridas para enfeitar a lagoa, a abelha Zuma passou por ele. Vendo o cuidado do sapinho, a abelha, que estava solitária, pediu a Jorel que a deixasse morar com ele em troca de polinizar as flores.

Assim, as flores começaram a nascer ao redor da lagoa e seus habitantes ficaram muito felizes em ter animais tão diferentes convivendo juntos.

24 dezembro

PINGUIM PENGUI

Pengui era um pinguim muito tímido, que vivia em uma geleira pequena, viajando por destinos gelados com sua família. Certo dia, durante uma tempestade, acabou por cair da geleira, mas foi resgatado por outros pinguins. Eles eram muito falantes e queriam saber tudo sobre a vida de Pengui. Então, ele contou-lhes sobre suas aventuras e viagens.

Quando Pengui encontrou sua família, estava muito mudado, feliz e falante. Todos da geleira perceberam como aquele contratempo havia feito bem a Pengui.

25 dezembro

UM NATAL MÁGICO

Todo ano, os animais enfeitavam a árvore de Natal com lindas lâmpadas. Mas, naquele Natal, a energia acabou e a árvore ficou no escuro, assim como a ceia dos animais.

– Não fiquem tristes. O importante é estarmos juntos! Vamos celebrar a nossa união – disse o urso convidando a todos para um brinde.

Assim que os animais ergueram os copos de suco, uma estrela brilhou forte no céu e iluminou tudo na floresta. No mesmo instante, as lâmpadas da árvore se acenderam e os animais tiveram o Natal mais mágico de todos.

26 dezembro

A TARTARUGA SOLINA

Solina era uma tartaruga de mais de 100 anos que já tinha viajado por todos os oceanos do mundo.

Ela vivia sozinha e estava sempre imersa em seus pensamentos.

Certo dia, Solina resolveu que queria voar sobre o mar! Como era muito sábia, preparou um pó mágico que alçou-a aos céus.

Pôde ver o mar azul, suas ondas, os animais que vinham à tona, curiosos. Porém, após um tempo, percebeu que gostava mesmo era da água. E mergulhou.

27 dezembro

POR QUÊ?★

Era uma vez um coelho que queria saber a razão de tudo.

– Por que as árvores crescem para cima e não para os lados? Por que as cenouras são laranja? Por que o céu é azul? – questionava ele sem parar.

– Você não se cansa de querer saber tantas coisas? – perguntou o cervo.

– Mas se eu não perguntar, como irei saber? – disse o coelho.

Além de querer saber, o coelho só sossegava quando conseguia as respostas para as suas dúvidas. Um dia, ele conheceu um tigre muito sábio e sua vida começou a mudar.

28 dezembro

SABE-TUDO

Para todos os questionamentos do coelho, o tigre tinha uma resposta na ponta da língua. Não havia nada que ele não soubesse responder, e o coelho não tinha mais dúvida nenhuma. O tigre já havia andado por muitos lugares e conhecido vários animais, por isso ele era tão sábio.

No começo, o coelho adorou saber de tudo, mas com o tempo, a brincadeira começou a perder a graça. Ele percebeu que, às vezes, a graça estava mesmo em tentar descobrir as coisas e não em ter as respostas para todas as perguntas.

29 dezembro

O JARDIM DE JASMINE ★

A ovelha Jasmine gostava de cultivar flores, por isso, ela fez um lindo jardim nos fundos do celeiro da fazenda. Todos os dias, a ovelha regava e até conversava com as flores para que elas ficassem mais belas.

– Seu jardim está cada dia mais bonito, Jasmine. Parabéns! – disse a vaca.

– Você é bastante dedicada. Suas flores devem ficar muito gratas – completou a porca.

– Eu cuido de cada uma delas como se fossem meus filhotes. Quando todas florescerem, vou enfeitar o celeiro com elas – falou Jasmine.

30 dezembro

A NATUREZA DAS FLORES

Semanas depois, todas as flores desabrocharam e estavam tão bonitas que Jasmine ficou com dó de colhê-las. Ela pensou que se as deixasse lá, elas durariam para sempre.

A vaca explicou a ela que, provavelmente, assim que a primavera terminasse, as flores morreriam e dariam lugar para outras nascerem, mas Jasmine não acreditou e ficou ao lado do jardim o tempo todo.

Quando a primavera acabou, aconteceu exatamente o que a vaca havia dito e, então, Jasmine aprendeu a entender a natureza das flores.

31 dezembro

UM DIA NA PRAIA

O verão havia chegado e a dona zebra ia levar os amigos de sua filha para passar o dia na praia.

– Estou muito animada! Será a minha primeira vez na praia – disse a pequena girafa.

– Eu quero fazer castelos de areia – falou a zebrinha.

– Vamos nos divertir muito – disse o pequeno elefante.

Os amigos estavam muito felizes com o passeio e, antes de saírem rumo à praia, eles pegaram suas boias, os brinquedos e ouviram os conselhos dos pais que disseram para eles obedecerem à dona zebra.

Assim que chegaram à praia, a girafinha ficou encantada com a água azul cristalina e com a faixa imensa de areia, ela gostou tanto do mar que ficou quase o dia todo dentro da água. O elefante demorou um pouco para entrar no mar, pois estava com medo das ondas.

– Vamos lá, amigo. É só você ficar aqui no raso, não tem perigo – convidou a zebrinha.

Depois de se divertirem na água, os amigos passaram a tarde toda fazendo castelos de areia, até que a dona zebra chamou-os para voltar para casa.

– Parece que o dia passou tão rápido, mas valeu a pena, a minha primeira visita à praia foi muito especial – disse a girafa muito feliz.

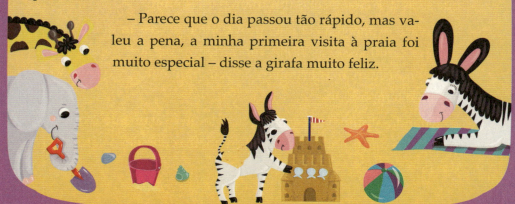